为了人与书的相遇

严明

yan ming

长皱了的小孩

广西师范大学出版社

· 桂林 ·

序 言

给父亲的信

爸，你好么？

今天是你离开我们整一年的日子。我在定远陪妈过春节，我们很想你。

你走后的第一个春节，只有妈一个人在家，虽然这一年我很多次回来看她，但过年不回来我实在不放心。到家的第二天我们开车回怀远老家给你上坟了，在妈妈的安排下我们烧了很多纸钱、元宝，是不是真能收得到呢？

我们给老家的二叔、三叔买了礼物，挺体面的。二叔的身体还可以，头脑也还清楚，只是还是不爱说话，他一直是沉默的人。见到他时，他在屋前晒太阳，抱着一个小播放器听戏。爸你知道吗，我一直偷偷盯着他的脸看，我在那里能看到最多的你。

今年冬天很冷，这样的寒凉空气总提醒我想起去年这时候我们送别你前后的仓皇。去年秋天，我揪心每一片落下的树叶，盼着地上的草不要变枯黄。可是你还是没熬过那个冬天，你是在春节后的2月17号走的。清明节我和妈妈、妹妹将你安葬在怀远老家的祖坟地里了。你生前我们没有跟你说过这个安排，但三叔他们来医院看你时，我们私下里有过讨论。只不过当时我还很不情愿听到这样的计划，我怕那一天到来。他们说你以往在回乡给爷爷奶奶上坟时曾指着脚下的某个地点对我的堂弟们说："将来就用个坛子，把我往我爹娘这脚边一埋就可以了。"后来我们就把你送到了这个位置，用的不是坛子，是妹妹给你选的上好的盒。你的身后有一株姿态遒劲的大柳，远远的就仿佛能看得见你。堂弟还告诉我，今年柳树顶上还有喜鹊筑了巢，大家都觉得是欣喜的事。

老家回来之后，我就带妈妈去做了胆结石手术。她这些年一直忙着照顾你，没有自己的时间去看自己的病。她手术住院时在县医院六楼，我好几次想再跑上九楼，去内科那个病房，看一眼墙角的+9号床，我多希望你还在。最后这两三年，我们竭尽了全力却没能把你拖回来。我们知道打这场仗终究会输，但还是久久没能接受把你弄丢的结局，从此我没法再跟别人说我们都还在了。

爸，去年夏天，我带严亨暑假回来看奶奶，我趁着那个时间在定远学了开车，拿到了驾照。把你从定远送回怀远时，我就知道我需要会开车。我想以后我就可以自己开车带着我妈回老家看你了。

刚学完车，朋友陪我开车出去练，我们第一站去的就是西卅店中学，我在那里度过了童年。我们还去了炉桥镇，都是你教过书的地方。炉桥的那座火车站，竟然还在那儿没有变样，站厅里挂的安全宣传画也仿佛是我小时候看到的样子。那是每年暑假你带我和妹妹回老家乘火车的出发站。我甚至还记得坐了十几公里汽车来到火车站后，我由于晕车，坐在门外的花台上呕吐，吐得天昏地暗，五脏六腑都痉挛，如今那个花台也还在。我头一次开车跑长途竟然就是为了来看它，只不过早已经不晕车了。不过炉桥火车站暂时停用了,等待改造。下一次见面，它在那儿或许已改换了容貌，这注定都是让我伤感的事。

可我还是忘不了你带着我和妹妹坐车、转车的情景，炎热的夏天我们在绿皮火车的木座椅上坐着，新奇地张望着一切，头顶上的摇头风扇吱吱地转，绿皮车叮叮咣咣逢站必停。我们一点也不着急，我们等着车厢里有卖吃的来，你总会尽量给我们买。吃上一支冰棍或者一块包装纸上印有小火车的旅行面包，都那么香甜,那是每年一次的开心之旅了。你把座位让给我们坐，自己坐在过道里。我们让你吃，你也不吃，你总去找火车上的茶炉接水喝。手拿面包的我曾低头看到身边过道里，那个穿着布满破洞汗衫的清瘦的脊背。

那时你与父母隔着这段车程，如今你跟他们躺在了一起；这段路，成了我与你之间的距离。

妈妈平时一个人在家，看电视成瘾，对她的眼睛很不好，我正在劝她改正。她喜欢在电视上看广场舞，我让她去公园跳，她怎么也不肯出门。现在她经常弹弹电子琴，有时候还吹会儿笛子呢。我给她抄了一些谱子，都是你们以前喜欢听的民歌，我抄得很工整。

妹妹给你买的电动剃须刀妈妈不让扔，说还很新，现在我在用。从你逐渐病重到离开，给我的震荡前所未有，白头发好像每一天都在生成。我在老家已经越来越不敢照镜子，我自知已经露出了颓色。

去年我办了几个展览，去了几个省拍照，都算成功。我正逐渐把拍照时间增多，其他时间我都会尽量回来陪陪我妈。我把院里的小屋收拾出来了，作为我的工作间。那是你盖的房，我高三那一整年都在里面复习迎考。现在我又坐在这里，守着篷窗，写些文章，枯坐回想。感觉这一年我都在溯洄，不仅是童年、四处奔突的青春期，还有步入哀乐中年的紧张。做摄影之后，摄影师回忆什么都是图景式的。我越来越觉得常在回忆里的人生就是由无数个大大小小“闪回”的画面组成的。就好像我们对一部电影的印象，最终也是照片似的画面。总觉得有一些刹那能够扩大为永恒。可能我只是记住了我最想记的，或根本忘不掉的，我想去跟记忆里那些闪烁的星辰打个招呼，说声谢谢。

男孩子身上永远无法摆脱父亲的痕迹，这儿有你给的身体，还有活着的你抛下的习惯。没面临过的要面临，迷津却仍是迷津。

人生半途，我需要这种溯洄，我需要一次断想，我想找出一些自己没有一败涂地的证据。

之前我带着严亨练打鼓，五年了，终于没法再教了。去年我给他找了教打鼓的老师，很年轻，教得特别好，小孩也学得认真。严亨还跟你年轻时一样，很喜欢打篮球，上一次他们年级篮球比赛，他们班赢了，得分三十，他独得二十一分。听说班上的女同学和班主任都喊疯了，说他好帅！

去年春天，院里香椿树的嫩叶依然很多，我在家陪妈期间，吃了很久，还送了一些给邻居。秋天的时候，妈告诉我，墙根的杏树也第一次结果子了，一直到摘完，一共四十七个杏子。

我会照顾好妈。

爸，记得前几年一个冬天你坐在轮椅上晒太阳，与邻居聊天，我听见你喃喃道出“他还出了书”的话，我理解为你是以此为傲的，对吗？你离开时，我是很想立即就写的，但心神实在不宁，不想让你看到我的沮丧。我是想平静一阵子的，沉淀一下思绪，我想让它在悲痛忧思之外，多一点死亡夺不走的意义。如今这书拖了快一年，我这就要把它弄出来了，希望它能追得上你。

献给你。

儿 严明

叩首

2018年2月17日 于定远

目 录

序 言
给父亲的信 i

辑一 一地故乡

一个家庭的摄影史 003
如父如子 008
一地故乡 033
我的妈呀 042
防震棚 062
不可战胜的夏天 067

辑二 青春寻呼机

疾奔少年 077
难为情 081
多少人走过了洛阳桥 093
那些花儿 103

东北一枝梅 115
惊梦 1994 124

辑三　人到中年自然怂

心锚 139
秦皇岛 144
制服诱惑 149
我用记者证轻抽你的脸 157
卖报歌 164
飞行器 167
学车记 174
时间碾人 189

辑四　亲爱的结巴

绵羊鞋油 197
欢迎诗人来到广州 204

投影师 208
亲爱的结巴 213
地铁里的蓝眼镜 215
“孙中丘之墓” 218
靠谱的人终将聚在一起 229

辑五　这世界是反的吗

你管我去哪儿 245
请直呼我名 250
迈克尔与本山 257
论唯美 262
少年形状的理想 278
长皱了的小孩 289

一地故乡

一个家庭的摄影史

冷空气还是来了。

父亲的慢性肺病刚熬过了一个严冬和酷暑，母亲很担心即将到来的又一轮秋冬。回乡的路上，我焦灼地盯着车窗外掠过的杨树，仿佛从现在开始，北半球的每一片落叶都会与我有关。

到了要考虑一切的节点。就像这季节，会变换，会更替。对于喜欢老物件、遍访各地古迹的我来说，有这样的一个老旧的家，真不知应该欣喜还是悲叹。这样的情绪在刚过去的炎热难耐的夏天达到顶点——我在老家无意中又翻找出了几本影集。

我作为儿子、作为父亲，加上作为一位摄影师，少小离家，如今在几十年没有变样的家里打开这样的相册，视角多重，五味杂陈。时空，狠狠地向我展示着它的高压。每一张旧影，带给我的感慨、震撼几乎不亚于我这么多年行走江湖看到的任何一处名胜。

它们就是我自己的“名胜古迹”，这是我的“家庭摄影史”。

这些家庭相册里的照片，有爸妈以前的，有我小时候的，更多的是我和妹妹在外工作并成家之后陆续寄回来的。也有父母后来在老家拍的一些照片，总共加起来有四五本。

几本影集，一躺几十年的它们远不像旧家具那么沉默。

一本影集在累积的过程中，我们往往不觉得它有什么能量。偶尔翻看，可能只是当作消遣，嬉笑着说：哈哈，看我当时是那样的……越来越往后，时间这个东西介入了，你可能觉得事态变了，变得惊心。影集厚了，轻的时光也就变重了。你再也不能不承认：那就是我。

一般来说，我们通常是为了留住欢乐的印记而拍下照片，乐意把它们攒下来。老人与儿孙常年分隔两地，照片更是珍贵的记忆实体，是互相传递思念的凭证。偶尔捧在手里，放在眼前，那是为了对抗遗忘、慰藉想念所做的实物存储。我们看它们的时候，想念家人，也想念往昔的自己。

在照料父亲的这段时间，我打算认真整理一下这些照片。为了旧的我，旧的家，做一场停留。基因这东西，刻划在血液里的，再肆意放飞的游魂也会被它捉拿归案。那些照片虽然是零散、断续，甚至无序的，但一打开它们，记忆就开启了，喷涌如泉。

那源头，正是我的来路。

我的父亲当年师范毕业后，分配在外县的镇上当老师。三十多岁时娶了我妈——他曾经的一个学生。母亲生我的时候也未满二十岁，他们结婚的第二年，在父亲老家的村庄里，我被两大接生婆联手捧到了世上。

幸福的小夫妻抱着正满一百天的我从村里来到蚌埠的一家照相馆，

拍了“百日留影”。现在想来，这算是父母给我的最早的一个与文艺有关的礼物了吧。

高中的时候，父亲曾对我说，你要是考上大学了，我就送一只小照相机。但是此事后来并未兑现，我离家的时候，他买了一只广东产的“红绵”牌木吉他给我带上。相机和吉他，可能是父亲曾经奢望却未能拥有的东西。文艺之心未灭的父亲那时候还不知道，这两样东西后来在他这个“浪荡”儿子的生命里掀起过多么大的惊涛，直至今日波澜未平。

小时候我跟妹妹只有一张合影照片，是来学校给毕业生拍合影的照相师傅给教师子女的福利。妹妹小我两岁，小时候就是我的跟屁虫，特别乖,什么都依从哥哥。那个年代,大概多数家庭有重男轻女的风气，教师之家也是一样。妹妹在那样的家庭，从父母平时的态度里，应该也会渐渐知道哥哥似乎更重要。后来听我妈讲过的一件事可以佐证：某天我跟妹妹各分得了五块饼干，摆在桌上准备开心享用。这时候家里来了小朋友客人，我就给了客人两块。这时候，我妹妹默默地从她的饼干里拿出两块给我补上。她把这做得理所当然，哥哥的是应该补齐的，而她自己可以接受只剩三块饼干的现实。而作为哥哥的我，倒也接受得心安理得。

初三毕业前夕的一个周末，我在县城的一家照相馆拍下了平生第一张“彩照”。穿着新买的彩条运动服、白球鞋，在照相馆一角有金色栏杆、葡萄枝、花盆的置景前，摆下了这个自认青春的造型。如今看，还是土洋土洋的小镇青年。青涩的毛头小伙，开始有了“自选动作”。

内心里有一种“长成了”的自我认定，有了一点跃跃欲试的英雄主义，盘算着与这个世界可以一战。

从一个翩翩少年、文艺青年转变到摇滚青年，只需要一个转身的时间。

淮南，我离乡求学的地方，我却在那里爱上了吉他。那是我平生到过的第一座大城，一个摇滚重镇，满街黑豹，一地唐朝。后来为了生存去福建干歌厅，又为了学艺停下一切去厦门继续拜师，再后来又去北京的摇滚学校……

终于，我带着音乐梦想去了广州。

音乐梦在南方没能得以生长，我上班了。在广州做记者时期，特别是有了孩子后，往老家寄的照片变得多起来。做了摄影记者之后，拍照者才真正成了我。因此，我也成了总是在照片中缺席的父亲。

在广州做记者的十年里拍了大量家庭照，我会不定期地挑选一些洗印出来，寄给爸妈，告诉他们，我们在他乡一切安好。电话那头总能听到妈妈开心地说“相片收到了，家里一切也都好”，让我放心。后来自己又辞职去各地拍照，搞创作，偶尔也会留影，但那样沧桑的照片却从来不敢寄往老家。类似搞摇滚时期的困顿、颠沛怎么也不能让爸妈知道，不可以再让他们为我担忧了。

父母对我的忧心真是无尽的，绵延至今。

孩子们都不在家的这些年，父母偶尔也照相，主要是单位活动、旅游之时的留影。他们也从没有儿女负担的清闲中年逐渐抵达晚年。

我又发现，往老家寄照片的习惯，后来并没有持续下去。它止于前几年，老家的影集在几年前不再添加新内容。原因有二：那时候我开始每年带孩子回去。当然，更因为后来有了可以拍照、拍视频的智能手机。

想念这个东西，是会凝聚的，也像胶片从曝光到显影、定影需要一个时间过程，期待感才会显现出来。通讯、交通发达了，久而久之，“期待”渐渐失去了原先真实的痛痒了。

父亲两三年来病重，慢性的肺纤维化使得他不得已卧床。父亲的记忆力也在逐步减退，很多老家前来探望的亲戚，他已经认不出来是谁。就连我的姑姑——他的亲妹妹来看他，他也怎么都想不起是谁，搞得姑姑特别伤心无奈。

暑假时，我的孩子曾抱着影集跑到他爷爷床头，指着爷爷奶奶的结婚照问：右边的这位帅哥是谁？爷爷凝视良久：可能是我……

影集里有几张父亲退休前后与同事、邻居的合影，我发现每个人的头顶上都有一个字。原来是父亲用钢笔直接在照片上标注的，那是照片中那些老同事、邻居们每个人的姓，甚至还包括他自己。胡、杜、余、吴……之前我还纳闷：相片中的那些老师，有些是几十年的邻居，熟悉无比，何必在好好的照片上用钢笔写字，显得突兀也不雅观，像小孩子行为了。

现在我终于懂了，原因应该是父亲在若干年前对自己的记忆力就有所觉察，一张照片的美观与否已不再重要，影像的真实性、留存性似乎也会靠不住。他找出了笔，决定把还能想起的姓氏径直写了上去。

他怕忘掉这个世界。

如父如子

一　不可逆

1970 年的一个冬日，一位三十多岁的男人抱着他几个月的儿子匆匆赶往镇卫生院。医生告诉他，孩子得了肺炎，还发烧，需要吊盐水。男人“哇”的一声哭了起来。“他这么小，能吊水么……”

此时外面风雪交加。

这个男人就是我的父亲。这是后来我妈告诉我的，说 ：“你爸以前特别疼你，一辈子也没见过他那样哭。”

父亲是在他八十岁上因肺病去世的，病名是间质性肺炎，也称肺纤维化。父亲是在参加退休教师体检时查出这个病的，当时觉得不要紧，又很忌讳去医院，拖了一年才接受治疗。从虚弱到卧床，到最后一次去医院没能再出院，大约有三四年时间。对于父亲的这个病，我妈为从医生那儿得知的一个词哀伤不已——“不可逆”，并得到一个比喻 ：他的肺会像丝瓜一样，逐步干化，失去弹性。这种“纤维化”的趋势没有办法逆转和根治，只能用药、调养，尽量延缓坏结果的到来。

全家人穷尽所能地围绕着治病、护理，最终在这场战役中败下阵来，眼看着一家之主，一个父亲的离去。

堂叔一番分析、总结，得出“咱们家族的人，肺都不好”的结论，老家的村里，有几位老人去世几乎都因肺病，父亲的病亡又增添了新例。

在这几年里，我也以空前的频率回到县城，有时直奔医院，有时或长或短在家住一段时间。这段时间和经历也让我体味了一个家庭的忧惧、苦痛和阔别了许多年的日常亲情。

一个曾经用脚丈量过那么多地方的人，最终还是要路过自己。

三四年前的暑期，我带儿子回去，我妈跟我说起父亲被查出这个病时，他的状态还行，仍是平常的样子。就是在带孙子在家附近溜达的时候时常觉得累，需要坐下来休息。那时候只是觉得他渐渐衰老，内里出了问题会导致将来怎样，没有预料。2012 年，我拍过一张照片《严亨与斑马》，就是在我家旁边的公园里拍的。我预先看中了那个场景和傍晚的天光，记下了时间，第二天傍晚便带上儿子去给我做模特。照片并无多大意义，只是想让他留下跟这个小县城老家的联系而已。父亲也跟了去，我交代他替我一直举着一只小小手电筒作为灯光，他就一直勤勤恳恳地举着。这也是唯一的一张父亲给我当助手的照片，不难看出右侧有一道很有方向性的光源的存在。当到了 2015 年这张照片印到了书上，父亲已经卧床了，我指着照片给他看时，那次拍照的场景，他已经全然忘却了……

当我回到广州，每次电话问父亲的状况，我妈说得最多的是“还可以，还是老样子”。能是老样子，我已经很安心了。偶尔不好，会让妹妹回来，一起把我爸送去住几天院，每次都是出院之后才告诉我。

渐渐知道，父亲住院的频率在增多，间隔在缩短。最初每半年左右，在感冒或咳嗽比较厉害的时候去住一次院，打上一周的吊针，也就没什么状况了。出院回家，又可以过一段没什么事似的日子。我妈对我爸的照顾是极细心的，冷暖、饮食各个方面无微不至。毕竟肺功能在弱化，父亲逐渐不愿意走动，活动范围逐年、逐月收缩，更多的时候是卧床睡觉或看电视，不久住院频率上升到两三个月一次。父亲是个极不愿去医院的人，每次把住院的一切都准备好了才动员他出发，他仍非常抵触，有一次竟发怒道：“你们把大部队开来也休想把我弄去医院！”没有办法，连骗带哄，还是得去。每次回家，我都能发现家里逐渐完备了应对住院的锅碗瓢盆，像行军打仗一般，稍一收拾就能出发。我妈做好了打持久战的准备，由于那句“不可逆”，这个家所能希望的，就是可以打持久战。

父亲的肺功能弱化是明显的，下床上洗手间，再回来即已气喘吁吁，须及时吸氧气缓解。家用的制氧机是学医的朋友建议买的，每天可进行几个小时的氧疗，缓解肺的压力，增加供氧。最初父亲对吸氧也非常抗拒，大约觉得那是电视剧里状况很糟糕的人才用的。随后我们又给他买来轮椅，他更是拒绝，觉得被推着出门被老同事、邻居看到是件很丢脸的事。可是用轮椅很有必要，不能总躺着看电视，我们希望他能出去公园转转，看看新鲜的事物，避免脑力僵化。后来的两年里，事实证明,这些举措是起了很大作用的,父亲在不情愿下也逐渐接受了。

一切已经由不得他，父亲已经垂垂老矣。

二　如父如子

说实话，父亲年轻的时候性情是很躁郁的，在家里有绝对的威权，小时候对他的印象是永远皱着眉头。后来我在外多年，每次给家里打电话，最怕父亲接。他一点也不给这个浪子嘘寒问暖的机会，总是烦躁地说你妈不在，草草挂断。

父亲的衰老过程，似乎也是放松眉头的过程。卧床的父亲应该能感觉到，儿女们回家的次数在增多，这对他来说，似乎是个意外之喜。

我和妹妹离家读书后，事实上等于离开了这个家，爸妈又重回二人世界。或许最初他们也觉得清闲，待到老至，他们又渴望这种有儿女在身边的日子。

早几年父亲身体还好时，我回到家中父亲还能陪我喝两杯，后来妈不让他喝酒了，饭也单独吃。但只要我回来，他也会起床，披着衣服坐在我的桌对面，东张张西望望，就那么坐着，陪我把饭吃完。每当这时候，我也不会仓促地吃完一顿饭，而是耐心地细嚼慢咽起来。从陪我喝酒,到看着我吃饭,我知道我们彼此都在无奈中接受部分现实,也想抓住别的不愿失掉的部分，沉默间将其放大，延长……后来，我几乎怀疑自己是在那段时间里增加了酒量。

有一次我在特别热的夏天回到家，刚在客厅里放下沉重的行李，父亲蹒跚着出来，笑盈盈地说："喝口酒，暖暖身子。"也就是那一天，我知道他老得已经有点糊涂了。随后的两年里，我们又托人在国外给他找了延缓老年痴呆的药，效果还是有一些的。

我给父亲买过一个U形枕头，很软和，父亲很喜欢，经常枕着它看电视。听我妈说，父亲有时候在院子里晒太阳，看到在晾晒的枕头也会指着要过去拿，说那是他的，是儿子给他买的。

随着卧床时间的增多，家里人轮番给父亲按摩，算是让肌肉被动地运动。父亲很喜欢我给他捏腿、抓背，面带一点点微笑，随着我的按摩节奏颤动，然后渐渐睡着。每次我跟他说到吸氧时间了，他也笑笑答应，看着我把吸氧管用湿纸巾仔细擦净，轻轻地挂在他耳朵上，还会轻轻侧转头配合，乖得像个小孩子。

我与父亲共处的时候，仍是沉默居多。有几次父亲会睁大眼睛问我：

"什么时候回广州呢？"

"下个月。"我答。

"哦，那还早着呢……"他会露出十分轻松的微笑，像是什么悬着的疑问被放下了。他不想我走。

三　朝阳沟

父亲生前喜欢的文化娱乐项目有下象棋、拉二胡、拳击比赛、听豫剧，后两项主要是在电视上看。综合比较，豫剧电影《朝阳沟》是他的挚爱，是耸立在他心头的文艺标杆。电影是黑白片，长春电影制片厂出的，1963 年上映。故事讲的是城市女青年爱上男同学，经历内心转变最后留在农村，当年在全国应该是家喻户晓。这个电影我在很小的时候就跟大人在镇上的电影院看过，一些关键场景和唱段还有些印象。

父亲病重卧床之后的几年，我和妹妹在网上下载了大量的豫剧节目，放在 U 盘上，随后网络电视发展起来，家里装了宽带，弄了电视盒子，找起节目来更加方便。他喜欢的《梨园春》《武林风》，都可随时找出来看,那都是我们能给他的一部分精神慰藉。每次我从外地回来，想陪父亲看会儿电视，问他想看啥，他都会犹豫一会儿，最后总是两眼放光地说出三个字:朝阳沟。特别是在团圆节日、出院归来,《朝阳沟》的电影音乐响起,扎俩大辫子的银环手捧《中国青年报》开腔唱出“祖国的大建设一日千里”，就起了某种氛围，在它的萦绕中我们这个家暂时安好。

陪父亲看电视，帮他按摩的过程也是相互沉默，就像他老了之后不会再接电话一样，他也不再会用电视遥控器，看什么节目似乎都可以。病情很重的时候，我也就不再问他，会悄悄地直接播放《朝阳沟》，它已经成为一味药。要不了多久，他似乎已经不在看，也不在听，沉沉地睡去。

几年里，我跟着不知道看了多少遍，虽然每次只看部分片段，但足以无缝拼接至大好团圆。后来还慢慢了解了剧中演员的近况，比如银环不到六十岁就去世了，柱宝也老了，常被请到豫剧比赛节目现场当嘉宾，还会表演锄地，示范“前腿要弓，后腿要蹬”。台下掌声雷动，粉丝们也老了。

曾经的潮流运动、人物命运，已经化为唏嘘。其中人性悲哀的成分、那个时代的扭曲，我已经不可能在这个时候去跟父母探讨了。我们总愿意做我们不喜欢的禁忌的一部分。隐瞒似乎成了一种义务，谅解成为一种孝顺，否则都是残酷。就像我们有时很讨厌广场舞，但跳广场舞的人们定有儿孙，他们是会原谅也只能原谅长辈的，他们可能还予以鼓励并封锁社会对他们的微词。

就像父辈最终也没有喜欢上罗大佑，我的孩子至今也没有看上崔健。但是，我会跟我的孩子说清楚，在乐曲中呼喊过肺腑之言的珍贵。芳华的肉身、动听的调子至今竟然在掩盖病情，也在为病人理疗。每个时代都有自己的唱腔，未来的世界一定充满了陌生的旋律……宋词本来也是歌，如今已经不知曲调了，但留下了歌词。该传颂的，是它承载的意义。

四　总医院

定远县在几年前把几个大医院合并了，叫做总医院。它最后面的住院部大楼的九楼内科，是我家之外的第二战场。我妹妹和我妈跑得更加轻车熟路。最初去住院是可以规划的，觉得最近可以安排去做做消炎、调理了，就事先问好医院的淡旺，约好床铺再去。当然，慢慢地到后来一切无可选择。

我妈是个特别好强、特别能操劳的人，即使在医院，她也要把那儿尽量安排得像家。应对医院的条件，需要用的、吃的，全数带齐。

在医院的吃穿用要比在家复杂多了，很多东西是需要滚动往返运送的。比如脏衣服要带回来洗,晾晒好的衣服再带回去。我爸没有牙了，只能吃我妈包的小馄饨,那是将肉与各种蔬菜精心挑选、切碎包制而成，易嚼易消化。平时速冻在冰箱里，每顿饭取出若干来煮。住院时就得有人往返送饭，这就需要妹妹或我在家才行。医院里不让做饭，我妈就偷偷用一个小电热杯，神不知鬼不觉地为我爸变出了三餐。另有一种我托浙江的朋友买的中药铁皮石斛鲜条，需要用榨汁机打碎，动静很大，我妈就瞅准了每天下午病房里医生护士走动最少的时候，暗度陈仓。

渐渐地，这套装备就成了我们家的机动系统，我妈也练就了两套战斗模式。她能把医院的日子也过出生活气来，把诸多为难一一解决，无惧一切困难，简直可以在那里一直过下去。

病房里还要会跟病友处好关系，相互照应。常年的经验让我妈成了病房里的百事通、管事大王。她总是耐心地给乡下来的病人和家属指引住院检查流程、护理注意事项等。一一教会他们上完厕所冲水，委婉地制止在病房内用唢呐音高声讲电话的人……

我妈跟打针换药水的小护士的相处堪称一绝，即使是那些忙碌中脸色难看的护士也能搞得定。只要她们来，量血压或打针吊水，我妈都笑脸以待，热情协助。妈妈通常称她们“小姑娘”，有一次我竟然听到我妈称一个小护士“宝宝”，不知道是情急之下的迫不得已还是真心流露，像电视里尿不湿广告中对婴儿的称呼般亲切、自然、天衣无缝。

我妈的身体也有两个问题，一个是白内障，一个是胆结石。一直拖着没有去治，也没有时间去。平时她在家照看我爸，连上街买菜都是抽出时间冲向菜市场去的。有一次在我爸多次住院期间，她的眼睛不舒服，再三劝说，同意我带她去眼科检查。医生开了些药之后，我妈又嫌贵，犹豫着不想去拿。最终还是去了，到了发现取药窗口前的队伍排成了长龙。我妈让我在队尾排队，自己朝窗口方向挪去了。已经排到窗口的人正在跟窗内的人说话，似乎有什么疑问，我妈凑到跟前也跟着搭话，好像帮着解释什么。那人取完了一堆药正在收拾准备离开的时候，我发现我妈不失时机地把自己的胳膊伸进了窗口。我意识到，她在加塞儿。

等我妈拎着药走回来的时候，我埋怨说：“妈你怎么能不排队呢？”

我妈转身朝住院部的方向走，低着头，好久才说了一句：“你爸还在病房躺着呢。”

2004年,平遥。清早赶往学校的自行车上,父子在通过“关口”时平静而有默契。父亲风风火火地向前,脊背后的儿子低头玩着什么或吃着什么。那时候我刚学摄影不久,被这种不言不语的大开大合吸引,也喜欢上了摄影所能做到的定格。

五　120

小时候是父亲告诉我的，“很多老年人，都熬不过某个冬天”。这个知识后来被用于我对他的担心。

去年（2017）春节期间，父亲的病情已经很重，往返医院的频率变成数天一次。每一天都是让人忧惧的日子，每一个明天都需要企盼才能来。很小的时候，在我们家有肉吃的时候，父亲会鼓励我们把一片肉埋在碗底，一路吃到最后时它便出现。说这叫“封口肉”，吃得有盼头，吃完有余香，正所谓笑到最后。而这几年来，我最担心的就是最后，那注定是悲痛的最后，但不知道它是什么样子的。最终失去肺动力的父亲，会是怎样地告别？会是怎样停止呼吸？会不会剧痛难捱？我不敢去想。

父母在，不远游。我却是个远游了三十年的浪子，但整个冬天我不敢再离开，甚至不敢看我的行李箱。它一直呈打开状，我甚至不愿意去整理，整理它似乎都与某个不好的结局有关。

有天下午我在给父亲按摩时感觉他有点发烧，跟他说话发现他神志也有些不清，身体还有点发抖。我赶紧喊妈来，给他量了体温，39.2度。我妈很是惶惑，因为父亲出院才两天，怎么会又发烧了呢。她赶紧给主治医生打电话，医生的指令很清楚：火速再来医院，叫120。

我妈支支吾吾还在纳闷，医生说他来安排救护车，你们快做准备。我妈在放下电话前跟医生说的话是“能不能让救护车来的时候不要叫？”

我第一次见到我妈的眼神惊恐且呆滞。在她的心里，救护车发出的应该是最后的、最危险的警报，是最急促的叩门声。她可能想象过，但也祈祷着，那个响声迟一点向我们家驶来。她一边再次收拾住院用的锅碗瓢盆，一边喃喃说："来了救护车，就真的不妙了……"

要是没叫 120，当晚应该都挺不过去。

虽然当晚挺过来了，但是状况频仍。父亲身上出现肌肉骨骼非常疼痛的状况，翻个身都会疼得哼出声来。我妈说，你爸本是最耐痛的人，没见过他怕疼吭过一声。虽然退了烧，但他已经是呼不给吸，残灯如豆。

查房医生连续两天都悄悄把妈叫到病房门口轻语，我知道他说的是什么。焦灼。

特别坚强，特别能战斗的妈也轻声哀叹："怎么每天总没有好消息，还多一两条坏消息。"我们这个家，已然四面楚歌。

每天晚上都是我妈在医院看护，从不让我在医院过夜。通常清早我从家里赶头班公交车去，把需要的吃的用的送去。上午是打吊针的时间，通常要打六瓶左右，持续整个上午。我守在旁边做些招呼护士换药瓶之类的事，妈会在这时候赶着回一趟家，忙些家里的事再回来。到中午我妈就会催我回去吃饭、午睡，通常都说下午没什么事就可以不用再来。每晚我在家，我妈在医院。我在家其实也睡不好觉，每晚能醒上三四次，寒夜醒来发现胸前的被子会汗湿一片。

"医院的墙比教堂听到了更多的祈祷。"每天的生活如此小心翼翼地反复延续着。

那天中午，我站在床边跟爸说，"我回去了哦，你好好休息。"

"我跟你一起回家吧……"爸看着我轻声说。

我跟妈都苦笑着，跟他解释要等医生同意了才能回家之类的话，他不再言语。我想，他应该实在是住院住够了。我看着躺在床上的他，怀着沉沉的心情离开了医院。

我当时还不知道，那是父亲跟我说的最后一句话。

六　没有告别的告别

就在当晚，我枕边的手机铃响了。是妈打来的，我一下子坐起身。

“你来……”是我妈那有气无力的声音。

我翻身下床，拿着电话的手有些抖。“你注意给他保暖，保暖……”我急速套上衣裳，几乎同时就穿上鞋，抓了钥匙飞奔出门。不曾在这么老旧的家里做过这么剧烈的系列动作。

当时是凌晨两点多，我在县城空空的街道上边跑边四顾找车。寒冷的建筑大幅歪斜着，昏黄的路灯摇晃着催促，我耳朵里只有自己轰轰的心跳声。

终于打到了车，来到医院，冲进病房。妈在病房的墙边呆坐，病房里其他几位病人也探着脑袋朝冲进门的我这边看。一切似乎很平静，靠墙的那张病床上，父亲还在躺着。妈说医生刚刚已经来过了，没有办法了。妈是凌晨一点左右醒时发现情况不对，当时父亲已无生迹。

他没有给我们告别的时段，悄悄地走了。我的膝盖重重地砸在床前的地面上，脸埋在被子上恸声喊叫“爸”。妈制止我哭，说这不是哭的时候，要把后续的事情办完。

后续是事情怎么办，我和妈谁都不知道。几年来这个家全力一心地要把亲人从死神跟前抢夺回来，这场拉锯战只要能有打下去的权利，我们就只管打。结果是每一个人不愿意想的,是每个人所排斥的。可是，这个结果还是来了，我们反而不知道接下来做什么。太平间？死亡证明？我隐约只在电视剧中知道这些，具体怎么做，什么都不懂。值夜班的护士长送来一张名片，说这是出售寿衣的店家留下的联系方式，打吧，他们会来，他们知道怎么做。

没多久，一个拎着个大袋子的跛脚老头来了。他带来了寿衣，帮着约了灵车，他说在医院去世的人，都是须回家的，停灵三天，再去火葬。所谓“从家里走”，是我们这里的风俗。随后我协助他帮父亲换了衣服。

妈在一边开始收拾东西。我妈曾有心理准备，准备开始伺候可能进入卧床大小便阶段的父亲，可是这个阶段没有来，他就走了。一地的大小袋子，吃的用的穿的，那些不知道陪我们打了多少场仗的家什，如今它们连同我、我妈，都一起显得沉默沮丧，我们被打败了。

七　花圈店

我以往在任何地方，只要路过花圈店都会绕道走，绕不开也会侧开脸去。父亲生病之后，我心里更是对它特别忌讳。我家附近就有一家，每次外出都还会经过。那些悬挂门前的“寿衣花圈”“设灵堂”“一条龙”的字眼以及黑黢黢的屋内隐隐闪着的串灯，都让我心里总觉得怎么会有人安于做此生意，平时是什么样的心态呢？

萨特在《魔鬼与上帝》中这样谈过死：要我告诉你，你为什么不怕死吗？因为每个人都以为死神只会光顾隔壁邻居家。他说中了。

国人对许多亲情上的事，拿手的，是回避和拖延。直到某一天，再也回避不掉。

那天凌晨三点多，我们把父亲的遗体运回了家。灵车停在院门口，跛脚老头打电话叫花圈店的人来设灵堂，他找的就是我家附近的那家。干这行的人会有个互相关照，会帮忙联络相关的服务。我妈说那家老板姓杨，跟我家还有点遥远的亲戚关系。我妈也开始打电话，给我的舅舅，老家的叔叔侄子们。

电话打完没一会儿，花圈店的杨老板就到了，拎了两个大塑料袋，白布、黑纱、纸花之类的，感觉这个行业的人每晚似乎都是枕戈待旦的。桌子沙发很快被搬到院里之后，客厅空了。杨老板麻利地钉墙栓铁丝，挂上白布帘、挽联，设几案，摆上烛台等等。

一个提心吊胆几年的穷家破院很快被刷新为丧事模式。

停灵三天，其实是两天。

大姑父沉默寡语，但能感觉倒是他暗暗把持着流程，力图谨慎周详。谁有做得失当的地方，他也会轻声提点。比如，他几次交代灵堂里不能离开人，人不能断，看守要有接续。还告诉我，出殡的那天，出家门的时候要由我将这几天烧纸用的那个陶盆摔掉，一定要摔碎。我看了看那火盆，敦实厚重。我问他，要是摔不碎呢？“一定要摔碎，反正越碎越好。”

大姑说，你听他的没错。他在村里常在人家办丧事的时候去帮忙，很多年了，他也会帮老人穿寿衣，很在行。好吧，他知道那么多关于福祉延续的秘密，做了总比不做要好吧。可我还是有点担心第二天早上我摔不碎它。

对此有觉识的人告诉我：“流程”貌似成规俗套、繁缛仪节，其实是能把悲痛中的人引到具体的事务里去，慢慢做一系列可见可感的事，它有减缓悲痛的功用。

人在伤心无助的时候，是多么需要提示。以前最避讳的事，终成为绕不开的事，并以协助你的姿态站在你的旁边。在这样不知如何是好的时候，我们被提示“走传统”，传统应该就是前人出离伤痛的经验集合。

各路朋友络绎前来，带着花圈和一扎纸钱，似乎是一种标配。我还发现那个花圈店竟然在我们学校大门口设置了个临时摊位卖花圈，还现场负责写好字，方便吊唁者。在我妈的坚持下，我们不收任何亲友的礼金，只收下花圈和纸钱。那些花圈是伞形的，伞骨可以收束起，一撑开，纸花亮片也会展开。“传统”也在与时俱进，变得身段轻捷。

八　遗像

父亲去世前一年，每次在广州接到我妈打来的“你爸情况很不好”的电话，我就弹射状地匆匆收拾行李往回跑。虽然几次都转危为安，但我知道已经到了要随时面临最不好状况的阶段。分隔两地的家人，常年形成的是互相报喜不报忧的传统，我妈能说出“情况很不好”那说明已经是相当危殆。每次我火速收拾东西的时候，也会悄然带上一只U盘。只有我知道为什么要带上它，心情沉郁地坐上开往合肥的高铁。

U盘里只有一个文件，是父亲的肖像照片。照片拍了并不久，在此之前父亲因为卧床几年，病态，老态尽显，我想到过给他留下一张肖像，但一直也不知道怎么办。不敢提，不愿提，不愿想，但这个隐忧一直在。

那是前两年的一个夏天傍晚，妹妹一家人也在，推着轮椅带父亲出去溜达一圈后回到院里。不知道是谁的提议，我们一家人开始拍合影。合影主要是用手机拍的，我也拿出了黑白胶片拍了几张。父亲精神尚好，我提议给父亲单独拍一个。这个提议不能太慎重，慎重就是沉重。

就在小院里，父亲坐在轮椅上，穿着我妈给他换上的衬衫，微笑看着我，我拍完后轻松地跟他说，不错，可以了。

这张照片与合影不同的是，我离得很近。禄莱双反相机最近的对焦距离是一米，而且是方幅的，我其实再近也只是获得了一张端坐于轮椅之上半身照，并非肖像。

后来回到广州后，我将胶卷冲洗之后特意扫描了一个大文件，裁剪出了竖图头像，效果挺好。有一点遗憾之处是，大概当时因为天气热，我爸的衬衫领口是解开的，而且敞开得略大，稍显得休闲随意。拍的时候没在意，算是个小遗憾。先不管那么多，我总算有了这么一张照片，这是我的事，是一个做摄影的儿子理当准备的事。我把相片存在一个单独的U盘里。

做灵堂的时候，花圈店的老板娘问，遗像要做吗？我说要啊，她问照片有吗？手机上的就可以。八十块钱，这个是交给别的店去做的，她是代收图片。我说我有，黑白的，胶卷拍的。我把U盘交与她。我跟她说，你能不能交代一下做照片的人，在电脑上把我爸的那个领口调整一下。

天亮后，老板娘拎着相框来了，交给我的时候还很神秘地指了一下："衣领合拢了，看不出来吧？总共八十块钱。"确实很好，一点也看不出来，我打心底里感谢这没有加价的神来之笔。一直傲娇的胶片摄影师，到底还是有赖PS的帮助，解除了一块心病。

案上摆上了父亲的遗像，灵堂似乎才有了精神中心。消瘦，微微地笑着，是他最后留给我们的样子。案台上烛火摇曳，"驾鹤西去音容在"的挽联在飘动，看着他平静的表情，我难以想象他骑在鹤身上航行的惊心动魄，于是也会在心中苦笑一下。我妈说这张照片拍得很好，我问她为什么觉得好呢？她说，拍得很像。

县城里许多爱好摄影的朋友来吊唁，也有说到这相片的，他们都知道肯定是我拍的，理所当然是黑白胶片的。但他们都不知道的是，前一日凌晨时分，县城里曾有某人披衣下床，打开电脑，插上U盘，替某个"著名摄影师"的爹修饰过最后的体面。

九　出殡

天不亮，县城里的朋友都来了，有人专门负责组织把车停妥在路边，等着稍后跟上灵车出发。父亲所在的学校派出了一辆中巴用来载随行的亲友，以及一辆货车，用来装花圈。这是前两天我妈向前来吊唁的校领导提的要求，除此之外追悼会、告别式都依我们家人的意见免去了。父亲是教中学政治的，一辈子辩证唯物主义挂在嘴边，我们知道，在他的字典里没有这些。说真的，他若是知道在去世后的寿衣还包括师爷扮相的瓜皮帽、铁皮戒指，多半不会乐意。在最后那两年，我妈常抱怨他太忌讳去医院，以致延误了治疗，我爸就曾很无所谓地说："难道人的生命是按尺子上的刻度去活的吗？"他的意思是，哪有那么一定的事。不过，那个一定的结果还是来了。

天刚放亮，殡仪馆的车来了。在我抱着火盆准备出家门的时候，我妈终于开始了她的号啕。这么多年，我没见她掉过眼泪，永远是在做事情，与生活搏斗，忘命地战斗。在父亲的遗体被抬出门的时候，我妈竟长喊一声"我不能再服侍你啦……"瘫倒在扶着她的女眷堆里。

出了院门，经验老到的姑夫怕我摔不破火盆，早已在前一晚于路边物色了一块小尖石。火盆被摔得粉碎，所谓能给家人、后人带来什么福祉，还不如说能排遣一丝悲痛的郁结，摔盆的响声，何尝不是万千无奈中的一声长叹。

我抱着父亲的遗像，坐上灵车的副驾位置。小四，我的发小，开着他的车在灵车前引路。我看得出来，为了灵车行车和缓，小四在尽量压制着后面的车速。一路看着他车尾的红灯，我泪眼模糊。

县城的殡仪馆在北郊，其实也就几公里远。灵车停驻的地方，有一人一桌，那便是火化工在做交接，遗体连同担架被接到一个带轮子的床上。旁边有个玻璃门的大厅，锁着的，看得出那是做追悼活动的地方。由于我们谢绝了举行仪式，一切即是从简，火化工示意就在这入口处叫亲友过来告别一下便罢。亲友们围过来，缓缓走了一圈。火化工站在边上等着了。

亲友们退开了。我流着泪最后抚摸了一下父亲的脸，那么安静，那么寒凉。罗兰·巴特说："尸体作为尸体，是活生生的。"我知道几秒钟之后，他将被推走，被永远地带离我们身边。

火化工推着车往幽暗的远处走，大步流星。我和妹妹紧追几步，跪倒在地，望着那个带轮子的车转弯，我呜咽着大喊："爸，一路走好！"

十　体温

父亲的骨灰暂时寄放在殡仪馆，要待老家的坟修好后，清明期间送回安葬。

接下来的主要事情是清理遗物。一家之主不在了，多年来围绕着一件事做的战斗之家一下子安静了下来。很多用不上的东西，就扔掉了。也有一些东西在去留之间，母亲很犹豫。比如父亲的二胡，病重后的两年就没有再拉过，尽管还让我在网上给它配上一只新的弓，但后来再也无力碰过。还有就是衣服，住在我家附近的舅妈力主全部烧掉，说这是风俗，烧掉也以免将来看到心情不好。那态度，像与一个旧世界割裂般决绝。烧光焚尽才好迎来新生活。

让我妈犹豫的是几件好衣服好鞋子，比如有一件“名牌羽绒服”，我妈说那是这两年才买的，卧床、坐轮椅的父亲基本没有穿过它们，烧掉实在可惜。

在这个时候，回到郑州的张二哥打来电话，说看到我们的犹豫，关于烧不烧衣服。二哥说，一定要留两件，他的父亲在十年前去世后，家里就完全没有留，他一直非常后悔。

睹物思人，烧是烧不掉的，你想留的就留吧。咱们就不烧，我们又不恨他，我们想他。

一连好几天，我们沉默地整理着，仿佛时间从此变得多起来，什么都不用再急。

我发现了那支体温计，父亲在家中最后一次使用的温度计。体温刻度停在 39.2，那是他留在家中最后的体温。又想起那天我跑到单位大门口，引领救护车开到我家巷口，又亲手把父亲抱上担架担出门的十万火急情形。这是个意外，区别于其他衣物的特殊遗物。我把它用几片纸巾包好，放在一只空的眼镜盒里，收到书柜里。

我打算永远留着它，父亲最后的体温。

好几天，妈在屋里院里低头忙碌着收拾整理，我一下子还难以想象她忙完之后还有什么事可忙。有一次，我见她坐在院里歇息时发呆，长叹了声：

“一个人，就这样永远地回不来了……”

我心里蓦然念叨起一句话：失去，才是人生最大的真实。

2016年春天，我从安徽老家抽出几天时间去了趟甘南，说是拍照，但心中惴惴不安。在拉卜愣寺，我随着众人磕头、拨转经筒，祈求父亲的病情能好转。在寺外的山坡上，我拍下了沉默的僧人。天上黑云翻滚，随后下了骤雨。回来后唱片公司把这张照片约去做了黄绮珊与马帮乐队单曲《一切会过去》的封面。每当我在手机上打开这首歌，看到唱片中间的僧人在转呀转，我就又会想起当时自己绞痛的心情。

一地故乡

怀远，定远，是安徽的两个县。怀远是父亲的老家，我的祖籍，也是我的出生地，后来我被带到父亲的工作地——定远，长大。因为这两个叫做“远”的地名，我妈差点儿就给我取名叫作“双远儿”。

“远”在我们的文化里大约是略偏贬义的，要走得久些。古人喜欢近，近水楼台才妙。

我在高中以前，应该是年年暑假都回老家的。高中忙科举，没有回去的记忆。

二十多年没有回去了。这段时间，是我南漂的岁月，故乡在这段时间只存在我的记忆里，真实的故乡发生了什么，发生着什么，对我来说完全空缺。

送回老家安葬，是父亲病重期间老家来人探望时合计出来的方案。一是父亲生前就表露过很反对买墓地之类的事，老家有祖坟地；另一个考虑是我的叔叔们也觉得这样以后我能跟老家重新有些联系。叶落归根，合情合理，可这第二个理由足以让我惭愧，故乡就在那里，我为什么没回？

我查了日历，清明节的前两天，有一个写着“造葬大利”的日子，就是它了。

我带着妻儿提前从广州先回到定远，做各种准备。一个月以来我妈也一直跟怀远老家联系着，知道三叔和堂弟已经把坟修好，清明期间归葬正是合适。

妈提到了一件事，前两天三叔来电话说，他的儿子会来接，顺便拉些木板凳回去，给他家在村里开的麻将室用。电话最后三叔还支吾地说了一个事儿：他的儿媳有个交代，能不能不让骨灰盒上她家的车，怕不吉利。我妈当时就恼怒了，说“放心吧，我女儿有车，我儿子会一路抱着他爸的骨灰盒坐在小汽车里去的，不必坐你家的车的”。

我听闻了此事心里也不舒服，觉得这是父亲受到的委屈、嫌弃。我隐隐觉得有什么东西会在我们这一代人身上崩散。故乡，未曾重逢已无情。这种陌生、无情又似乎是自我没有再回去时就已经开始了，这真让我心忧。

我妈跟我们嘀咕着：“你爸从一出来工作，就没有停止过照顾他在农村的家，帮他的每一个弟弟说到了媳妇，也就是说没有你爸帮着，哪有后来他们这些儿孙。”我的奶奶生了四个儿子，两个女儿。我爸是老大，也是唯一读书走出村的，绝对是那种里应外合救全家出苦海的孝子。我奶奶最初的意愿只是四个儿子中能有一个可以找到媳妇，没想到意外实现了儿孙满堂。

出发当天，妹妹一家人一早开车来汇合，堂弟的车也来了。接着我们先去往殡仪馆，取出寄放在那里的骨灰，用大红布包好，我抱着坐在小车副驾驶位置。严亨提出要由他来抱，我没有同意，我妈也没有同意，说到了地方他是抱着爷爷遗像打着幡走在前面的领队角色。

严亨虽然自小没有跟爷爷生活在一块儿，但跟爷爷的感情很好。每次回老家，还会时常搬个板凳在床头陪他看电视，还学着我们给爷爷做腿部按摩。爷爷还总是饶有兴致地问他姓什么，为什么你也姓严？如此这般多次……孩子起初也很费解，为什么总是要反复回答这个问题。后来慢慢知道，渐渐老去的爷爷是在这个问答里获得基因确认的满足。有一年暑假结束，严亨要回广州了，临走时坐在爷爷床边捧着一本英语书读给爷爷听。看着他坐在小板凳上，低头看着膝盖上的书叽里呱啦地朗读，还有卧床的爷爷那无从谈起的欣慰，我真是觉得伤心又有些好笑。这是怎样的一种离别交流。

父亲去世前一些天，严亨也是因为寒假结束要回广州上学，在医院的病房跟爷爷辞行，还给爷爷按摩了腿，抓了后背。我几乎已经知道这是爷孙俩最后一次告别，偷偷给他们拍了合影。

从镇上到乡里，再到村里，已经全部铺了水泥路，路边基本上是店挨店。不再是记忆里的土路、树和农田。村子里已经有很多人，我知道那是从蚌埠、淮南、合肥乃至上海等地返回的亲戚们。车子在三叔家门口停了一下，我因为怀抱骨灰盒，没有下车。摇下窗，堂弟们围拢过来打招呼。每个人我都还认识，只是他们老了，都已成中年男子，笑盈盈地称我“老大”。还看到叔叔、婶子，他们就更老了。我跟他们说，即刻去祖坟吧，先把安葬的事做了。

车子穿过村，在村西头停下，接下来须下车步行。亲戚们都已跟了过来，堂亲表亲，大人小孩，几近壮观。我下得车来时，妹妹即打了把红伞在车门边接,这也是老家人交代的规矩。说一个人降生和离去，都应该是对应着红色的。

严亨抱着爷爷的遗像，持着一条拴有纸飘带的柳枝走在最前头，我和妹妹随后，再随后是络绎的亲人。麦田埂上队伍行进的画面，几乎跟我若干年来所想象的完全相同，只不过想象中我是侧面的视角，而此时我行走在队伍的前列。红伞以及包裹骨灰盒的红布，倒是很能映照一个农村青年奋斗的悲壮，如今他终于魂归故里。遗传了祖辈肺不好的基因，而今应该可以在故园得到喘息。

安葬完毕之后，成捆的纸钱开始烧，热焰炙人，还有鞭炮、白日焰火不停升腾，宛如吉庆。由我带头，各种我搞不清远近的亲戚开始依次磕头，还有一些很小的小男孩跟在大人后面也在磕，大约是我的堂姐堂弟的儿孙辈。各种响声、烟雾、杂沓让我有些恍惚，仿佛二十年的亲情缺失都要在今天补足。

我看了一眼儿子，问他，你知道他们都是什么人吗？儿子答："他们跟我一样，都姓严。"

不远处的麦地里匆匆走来一位妇人，一路惶然张望，后面隔着一段距离跟着一个木讷的男人。

"严明，你四婶来了……"

啊？四婶来了。四婶年纪比我大不了几岁，记得她当年嫁到四叔家时，还是个小姑娘模样，粗黑的辫子，是特别活泼的一个人。一直生女孩子，最后生了个男孩，竟取名“婷婷”，不知道是不是要骗过老天，以图好养。如今最小的婷婷也近三十岁了，在上海郊区开水果种植园。四叔几年前去世了，因为肝癌。之后四婶要改嫁，整个家族都反对，跟儿子儿媳也都关系紧张，最后闹到找我爸评理，我爸最后给了一句话：“法律没规定人家不许改嫁。”

最终改嫁到不远的一个村，四婶后面跟的那个老实巴交的男人便是她的丈夫。

等我脑子里把这些过完，四婶已经跌跌撞撞来到近前了。我赶紧迎上去，隐约知道未必会有其他人去搭理，大概视她为无情无义、背叛家族的人吧。这一点从大家发现她在往祖坟这边走来后的脸色就能看得出来。

“婶，你还认得我不？”我站在她面前。

“不认得了……”她显出被一个陌生人拦住了去路似的眼神，还有些惊恐。要不是在这样的场合，我也是肯定不认得她的。一件红毛衣被臃肿的腰身撑得空间特别紧张，整个脸庞也是年轻时的两倍大小。

“我是严明啊！”

“啊！小明……”这么脱口而出称呼我的，在这个世界上仅限几位长辈了。

众目之下，四婶无意跟我寒暄，径直朝我爸的那座新坟冲去。到了跟前，扑跪在地就哭，大声喊着“大哥呀，大哥……”口音不再是刚嫁过来时的外地口音，已经是怀远腔，内容大概是哭诉，说自己如何不易、遭受了不公之类。我站在一边，一时也不知所措，老少众人也好像无意上前。我知道她内心里一定是有很大冤屈，值得一哭，可是眼看着哭诉渐渐变成哀号，还伴以拍打地面的动作，貌似还有更激烈的演进。

“好了好了，我们要走了。吃饭去。”三叔发话，有几人上前拖起了四婶。

全家族的人在村东大路转角的一个饭店吃饭，那是按我妈的意思订的，她想请众亲友聚个餐，答谢一下帮着出力修坟的人。四婶和那个木讷的男人也去了，我还跟四婶说了会儿话，她希望我能常回来，我说，“会的，我再回来就去你那边看你。”

饭后，在二叔三叔家看了看，聊了会儿天。看到院子里来来回回的小孩子，我几乎能从他们的长相看出是谁家的。他们太像我的堂姐或堂弟们了，跟当年他们跟我玩的时候一个年龄，一个模样。我又一次陷入了恍惚。

堂弟们带着我在房前屋后简单走了走，房子变了，池塘变了，他们每指一处便问我还记得吗，这都让我从惊叹到惊慌，时间可怖。剧变是时间累积的后果，每瞥一眼，都是伤。在我记忆里故乡的原貌一去不返。

在离开村子之前，老人们说得再回坟前看一眼，告个别再走。我对这个安排很是欣赏，跟葬礼完吃饭然后抹嘴离去相比实在是极有人情味的安排。

再去坟地，人不像上午那样多，只几个堂弟陪着我去，还跟了几个小孩。想着长眠于此的父亲，我在深绿色的麦地边伏地叩头，轻声说着很快会再来，再次泪垂。

我们随后又去了四叔的坟前，四叔唯一的儿子“婷婷”也从上海赶回来了。四婶上午的出现应该弄得他心烦意乱，只见他跪在父亲坟前立誓：今年一定要多挣钱，只有一个字，钱……可能他急需一把斩断乱麻的快刀，我只能祝福他充满欲望的志气。

亲友们陆续离开，我们也要走了。三叔突然问我：“你怎么没给大家拍个大合影呢？”天哪，我也确实是忙忘记了，我还特意带了两台相机回来。“恐怕再难像今天这样所有人聚这么齐”，三叔很肯定地说。

我真是懊悔极了，我的思维犯了一个错误，总觉得故乡在那儿，老家的人也在那儿。殊不知大家早已经远走高飞于远近各城市，绵延至长三角。平日里村里就剩叔叔婶婶一些老人家及一些留守儿童，这几乎跟所有的乡村一样。故乡喧声不再，已成往迹。

常回来，多走动吧，我只能这样宽慰自己。与故乡的联系，应该是新的，不应只是一纸合照。父亲的归葬，是我与故乡的新纽带，送父亲回去，也是送我回去。这是一次相互失散多年之后的认领，更多的记忆会在那里苏醒。很多的事，我没有能力像经济学家、社会学家那样说个清楚，我只能对照心中最初的那个小小真理，去溯洄。寻找伤痕或弹坑，未必能填补修复，但需要一个完整的解释。

车驶离村庄，路边的房子遮蔽了我的回望，已无法眺望它的全貌。

再见了，亲爱的父亲，你扔下的习惯也顽强地活在我身上。再见了，亲人们，我不会再远离，踏遍万水千山还会回来，去迎上你们的目光。

我的堂弟，二叔家的儿子，站在已经拆了的祖屋前。我在这个地方出生，小时候我们就在他脚下的地方玩耍。堂弟也四十岁了，一直不肯外出打工，没离开过村子。做农活或帮人家干些修墙筑院的零活儿，我父亲的坟也是他帮着修的。每次我要回老家上坟就会先联系他，他永远都在，这倒让我很安心，仿佛他一直没离开，就在那里等着我似的。

我的妈呀

一　胆小的妈

大概每个人遇到终极感叹的时候，都会起用一个告白对象，如“老天哪”“上帝啊”，尽管他们不在现场，也权当其精神在场。而我的呼号语总是“我的妈呀”，难说成因，事实而已。这应该是我此生不会改变的、脱口而出的惊叹语。遇危急，遇惊喜，遇任何不可思议、天理难容之事时，她老人家总稳居我惊讶的当口。随着这几年我回老家的次数增多，我发现这个惊呼时常还会当着“本妈”的面。

我妈个矮、体胖，近年有些驼背。

她实在是个普通的妈。这些年来，我却发现她值得我书写记述的点随手可以掂起几百件。不论是从亲情内外的任何角度，我妈都是个令我感怀、惊叹的人。

我妈中学时是我爸的学生，这是我长大后才发现的。找她对质，她支支吾吾好多次才承认。那个年代，这种婚姻组合并不罕见。前几年父亲逐渐病重期间，看着我妈近乎神勇地忙碌操劳，我几次跟妹妹说起，爸妈要不是有这个年龄差，情况会难以想象。一个初中毕业的女学生嫁给了老师，生了一双儿女，勤俭操持了一辈子，最后送走了她的老师。

我妈以前做裁缝，我在上小学一二年级时，用的书包都是我妈用给别人做衣服剩的碎布拼成的。各色的小三角形布头，拼成五彩方块，还做上波浪形的宽边，像背着一块大饼干上学。到了“高年级”后，特别想得到一只“绿军挎”——帆布的军用书包，书包盖上印着五角星，及毛体的“为人民服务”。镇上的供销社有卖的，在一个玻璃柜台的下层，空瘪的，斜着摆放。我每天放学经过就去看，蹲在那儿看一会儿，隔着玻璃，像隔着一个世界。那是一个强力磁场，恨不得自己能穿过玻璃，侧躺在里面，那书包斜挎在我身上。

带补丁的裤子被我一直穿到初中。我对时髦从没追求，对于穿衣，最大的期望是能普普通通隐蔽于人群。我不要突出，也不用谁认出我，只求万人如海一身藏。

直到现在，我也偶尔让我妈帮我改衣服，每次她也很高兴，大概是觉得节约的家风得以延续。只是我发现她的眼睛越来越不好，修改的效果不似以往。

如今再回老家，吃饭时就剩我和妈两个人。偶然会形成习惯吧，不知道从什么时候起，我在饭桌上坐的位置之前是专属于我爸的。虽然屋陋桌旧，但那是个面朝房门的“正座”，我像是一个即位的新君，看着我妈开始围着我转。那是她一生的习惯，也是这些年的惯性。她永不停歇地张罗着一切，永远生怕我吃不饱、吃不好。

安葬了父亲之后，我妈才算有时间治自己的病。我委托朋友联系了熟识的医生，一天也没有间隔，带我妈去做胆结石手术，摘除胆囊。手术是早晨开始做的，中午时分做完，很成功。记得我妈被推回病房时麻药还没有退，她迷迷糊糊睁开眼后跟我妹妹说的第一句话就是："叫你哥回去午睡……"

我心里很清楚，在父亲走了之后，妈心里很大面积装的将是我。未来的时间里，我也将用更多时间面对她。妈仍旧认为我是个生活没有着落的浪子，她曾暗地里交代过我妹妹：将来我跟你爸不在了，你哥的情况若是不好，没了饭吃，你可得管他……第一次听到这个事我就泪奔了。

手术拆线后回到家，我跟妈说我要去一趟北京。同时想让妹妹来接她去住几天，歇一歇，也免得她在家总找事做不安全，妈也表示同意。我离家之前，把妈拉到我住的小屋门口，指着墙角桌子底下的包说："那里头是我的两台相机，这次去北京忙事情，就不带它们了。你去妹妹家，记得把这个屋门锁好。"

我从北京回来后才知道我妈哪也没去，一直在家待着。忽而怀疑妈妈是因为我的相机包的缘故，她莫不是想帮我看守相机才没有出门？本来她胆子就小，如今摘除了胆囊，是不是变得更加胆小了？我真后悔临走的时候告诉她相机的事了。

当我不在家的时候，不知道形单影只的她一个人在家怕不怕？

二　给我妈尝尝

我清晰地记得，2008 年夏天我在三峡地区拍照，好多天都在奉节老城待着。那会儿老县城已经拆得差不多了，剩一些残砖烂瓦沿着斜坡铺向江边。废墟间还有一些窄路，依稀可以辨识原先街道的走向。河边零落着几个简易帐篷，那是拆房子的工人或捡拾废品的人临时的家，跟前摆满了旧轮胎、旧电器、钢筋铁丝等。还会有灶台，也支在外面。旁边有竹竿挑起的电灯，在傍晚时分会亮起，那应该是留守在这个老城最后的灯火了。

我在那里逡巡数日，那里整体吐露出的是一种告别氛围，把我抓得很紧。不一定拍照，陪伴、见证也是足够重要的事。个人太小了，小得像地上的瓦砾；人也是强大的，搬山填海直至面目全非。

有天傍晚，我正在乱砖堆中寻路，发现有个脏兮兮的小孩跟着我，大约六七岁模样。只穿着一条大短裤，身体裸露的部分晒得很黑。我停下来的时候，他蹲下来玩石子。我问他姓什么，他说姓“裴”，很腼腆。我好奇地问他家在哪，他站起来一扬手指了一下远处砖头堆另一边的帐篷。我想起包里还有“奥利奥”饼干，那种圆柱体包装的，还有半袋，拿出来送给了他。他拿着了，还是很腼腆。他手攥着饼干袋空了的那一半仍蹲在我旁边玩，我说：“你吃啊？”他拿了一块吃掉，我问他好不好吃，他说好吃，然后又把袋子攥上了。

“你怎么不吃了？”我问。

“我想拿回去给我妈尝尝。”男孩这回没有腼腆，只是在陈述一个决定。

我被这孩子的一句话感动坏了，可以想象光膀子男孩回到工棚里把黑色饼干递向灰头土脸的妈妈嘴里的欢喜场面。有些珍贵的花儿只有在贫瘠土壤里才开得出。在这日渐发达的大时代，还是有缺这少那的人家，还有这么小的孩子有这份心肠。“带回去给我妈尝尝”，这样的句子，就是我有幸听闻的闪闪发亮的话，它会长久地在我心里回荡。

前年春天，父亲住了一段院回到家后，我问妈，我能不能出去一些天拍照？我妈说，去吧，肯定没问题。我打算跟合肥的张亮从定远出发，开车去甘肃拍照。走的时候我跟卧床的父亲辞行，妈帮我喊他：“严明要去甘肃了，过些天还回来！”“哦……”愣了一会儿，他又补了一句：“带点好吃的。”话刚说完我妈就笑了，“你牙都没有了，你能吃什么？”妈说的是实情，加上病重，爸已经只能吃我妈包的小馄饨了。

其实爸的那句话没说全，隐藏了后半句，就是“给你妈尝尝”。

妈妈的人生是极简的，绝不会主动消费去尝鲜、吃稀奇之类，也无吃零食的习惯。回想起来，我也没给爸妈买过什么，最多的好像是茶叶。

几个月前，我在外地讲课，临走时得到礼品，一箱石榴。纸箱外印有硕大的彩色石榴图片，还有“怀远石榴”几个大字，看着亲切，不过大字旁边还有一串小字“孕育状元郎”，算是广告文案了吧。多子多福的传统寓意不便写，干脆来个拔高，也是难为了。看在老家的份上，可以原谅。从小就知道，石榴是怀远老家特产，不过没有吃过的印象，大概是因为没在它上市的季节回去过。石榴花是见过的，钟形的花裂分为六瓣，蕊在其中，艳丽异常。它有个坚实的底托，那就是孕育果实的地方。我不是一个喜欢花花草草的人，但石榴花是个例外。以前有个新疆歌，唱“石榴花一样的阿娜尔汗”，我曾好奇，石榴花一样的女子到底是什么样的呢？为什么石榴花新疆也有？资料上说，石榴择土不严，沙壤、沙土上都能健壮生长。我的老家就是那种土壤，土里满是沙石块。没有水田，粮食只能种小麦。我妈说过，她嫁过去那会儿什么都缺，什么好东西都没吃过，坐月子才能吃一点红糖水泡馓子。我奶瓶里的奶喝完了，还在哭闹，就把我在床上放平，将奶瓶垂直对着我的嘴，依靠地心引力的帮助获得最后几滴。那画面，想想真是壮观……

不多想，能在第三地见到怀远石榴也是意外，我不想再延续严控行李重量的习惯了，我要把它带回家，给我妈尝尝。

回到家后，妈妈很欣喜。拿出几个送给邻居，笑呵呵地回来。再拿出一个，坐在门前开始品尝。我也吃了，果真很甜，水分特别足，籽儿很小。一大把入得口中，几乎一抿嘴，果粒即破。然后，就可以像喝饮料一般饮下那些汁水。整个吃石榴的过程，妈妈的表情很沉默，每递给我一块我也不推让。想必是因为产地的关系，母子的这场分食异常平静，平静得有些肃穆。我心里清楚，这奇异的浆果是那片土地所出，爸爸正长眠在那片土地上。

妈妈上一次吃怀远的石榴，很有可能是她刚嫁过去的时候了，或是在生养我的期间曾经吃到过。

那时，她刚二十岁。那时候，她是石榴花一样的女子。

在外行走，我总能拍到一些母亲带小孩的画面，却鲜少示人。以前总觉得那是些简单的“小片”，没有什么可以说道的余地。如今我不再这么认为，因为那些无须解释的，可以统统交给凝视。

三　香椿之战

我妈有个口头禅，“有当无”。意思是看淡有无，有也当没有，没有也无所谓的意思。真的是这样吗？在我眼里，我妈从来不是这样的。

我妈有个多年的习惯，每天早上起床烧上两壶开水，用的炉子是一种烧柴的铁皮炉，柴是她平时捡回来攒着的。每当她早上在院里生炉子烧水，总搞得浓烟四起，我跟她说那样很污染环境，对自己和邻居都不好。说了多次她也不听，还说不是为了省钱，就是“有当无”的。

我家院里有棵香椿树，是以前我爸种下的。香椿芽可以做菜，每年春天有一个月左右的时间可以一直吃香椿头炒鸡蛋，不过需要很嫩的叶儿才可以做菜，老的叶子就会发苦。那段日子，我妈每天盯牢它的生枝拔节，待嫩叶长出，渐渐打开几片，一簇油亮的绿泛着一点紫红，便是把它们够下来的最佳时机。我妈知道的，香椿刚出芽的时节，街上也会有卖的，是很贵的东西，一小把都值十几块。于是乎，每个枝头冒出钞票都不会被轻忽。

这倒很像广东人吃烤乳猪、妙龄乳鸽，都是要在它们的幼儿期下狠手。

开始的时候嫩枝少，也比较容易够，随着春深，树杈顶端的叶子飞长，我妈与枝条的战斗变得艰难。她把竹竿一接再接，顶上安上钩子，如果钩住了树枝还拽不下来，就爬到花台上去，又扯又拧，人与枝条形成角力之势。我实在担心她会从花台上摔下来，每次只要我在家看见，就会以最快的速度冲过去说“我来”，她总是示意我走开，偏要亲自取那枝条首级。有时候挑落的香椿头掉到院外的公路边上去了，她就跨上自行车到墙外去寻。若是已经被人捡走，回来就懊恼成串……

对此，妈挂在嘴边的仍是“有当无”，可我分明发现我们几乎吃掉了整棵树，那棵可怜的香椿树几乎没有几个触手能够度过春天。去年春天我一直在家，每天都有香椿炒鸡蛋，吃得我快通体椿香了。香椿摘得多的时候，吃不完就会送些给邻居。我妈会细心地做好分配，串门时偷偷捎去，以施惠者的姿态，仿佛那是对长期坚持睦邻友好者的褒奖。

不用再跑医院了，我妈的生活和社交半径又缩小为方圆几十米。我妈应该算是很懂邻里相处之道的人，每次我回家偶尔会跟我唠叨一些事，若是我妹妹回家，她俩更是有聊个没完的家长里短。比如说到某个街坊老太太忘恩负义，转头又会说算了，都是可怜人，并不打算记仇。邻居小孩打架，互相咬了，她去敦促人家“要打狂犬针”，搞得小孩家长不太高兴，让我妈觉得真是好心没好报。我家所在的中学里，我妈就是个普通的家庭妇女，从没有正式工作，但她偏要做个编外善人，业余菩萨。

尽管经常受挫，但她常觉得是别人素质不高，自己的善心天地可鉴。此处有一个正例必须要提，她曾成功地将邻居家中学生口口声声的“杉杉有礼”纠正为“彬彬有礼”，一举赢得多年尊重。

老式的生活就是这般琐屑，“有当无”其实是一种看似淡然洒脱的掩饰，若有似无，有也聊胜于无。我那可怜的妈，还在与生活细细厮斗，经营着让自己心安理得的人生。就像那棵院里的香椿树，拼命地在小得可怜的天地里伸展，叱咤。

四　收藏家

当知道我妈是金牛座时，我简直惊得愣了半天。感慨星座确实是一门准确的科学，真的是什么都对上了。她实在是太能节俭了！用我妈自己的话说，大钱挣不到，小钱绝不乱花。

我在县城的家，仍旧是 90 年代的样貌。你可能难以置信，现在仍在使用的沙发、吊扇以及一些厨具年龄都超过三十年。前些年我跟妻子每次回来，都会跟我妈围绕着新旧去留的事儿展开斗争。我觉得主要原因是这个家中儿女一直没跟老一辈共同生活，否则的话老年人会随着时代的改变跟上儿女的脚步走。这种改变是在漫长的生活中不知不觉地缓缓进行的，比如，流行又实用的某种新衣新鞋、省钱省时的生活工具的出现等，这些东西由年轻人带回家中，潜移默化地影响长辈的生活，也改进他们的常识习惯。而我们这个家却不同，我和妹妹离家读书之后，它几乎停止了演进，被封存在 90 年代。

道理不必多讲，上一代人穷怕了，也穷惯了。有钱不知道怎么用，不用。对任何一件需要花钱的事警惕。用旧的东西不舍得扔，而新东西基本上不买，还往家里面捡东西。

挖耳勺、铁钉、线头、随时可能碎掉的塑料夹子、蜡烛头、纽扣、锁头、打火机、永远也写不出字的各式圆珠笔……这些全是我爸妈捡回来的，扔在窗台上或挂在墙上的钉子上，院子里也堆着破木板、旧桌腿。我总是跟妈说，你捡这些东西又不用，还占地方。可妈总是坚定地说："我捡啥东西都是经过慎重决定的，需要用到啥的时候，就能把它找出来。”

我给妈讲了广州一个垃圾收集狂的故事：一个老太太常年捡拾垃圾，把自认为有用的码放在几平米的独居小屋，塞得严严实实，高至房顶成为奇观。社区干部和消防部门一直认为这不卫生也很不安全，多次规劝无果后，动用了消防官兵将老太的垃圾山清离。“拆迁”时老太还疯也似的与官兵大战，誓要保卫她的宝库。

我妈才不管这些。不过有时候我急着要用到什么东西时，只要问她，她的回答总是“有”。经过一通翻找，目标总会神奇地出现，这些更让她坚信自己的收藏理念。

跟捡那些百无一用的小东西相比，捡空瓶子则是爸妈他们坚持多年的事。他们不是专门去捡，但只要看到，就会捡拾。因为家在中学，夏天的时候，每天校园及附近会产生很多瓶子，他们觉得每一只就是一角钱人民币躺在地上，无视才是罪过。他们把矿泉水瓶子踩扁，装在塑料袋里，带回来堆在院子里，攒到了一定的量就卖给来收破烂的，算是挣上一笔小钱。

有一年爸妈去广州帮我带孩子，有一天妈告诉我一件很痛心的事：“你爸每天出去跑步，把捡到的矿泉水瓶子塞在小区的绿化带树丛里，以为很隐蔽，今天发现不在了。攒了好几十个呢，他不敢拿回家来，怕你知道了说他。估计是小区的清洁工发现了，一锅端了去。”这件事妈提过好几次，感觉不是太恨那个清洁工，只是怪我爸藏得不成功，或没有及时卖给隔壁小区收破烂的大爷。

后来，我带小孩回老家过暑假，孩子在校园里看到矿泉水瓶子冲过去就捡，还学会了用小脚猛力踩扁。有次这个动作被我妈看到了，赶紧把孩子喊回家了，为此还嘀咕了好几天，说都怪她把孩子带得太寒碜了，让学校里的老师们知道，真的会很不好意思的。

捡瓶子虽然没有成为咱家的传统项目，但这个习惯他们确是一直没改变。听我妈说，在我爸已经颤颤巍巍坐轮椅的阶段，我妈推着他逛公园，他们仍会捡。我爸看到路边有瓶子，还会伸出手一指，我妈就过去捡。小时候就听爸爸讲过《儒林外史》里严监生临终前不能说话了还举出两个手指，示意把两根油灯芯减省为一根的故事，当时还挺恼火怎么会有这样的本家，没想到这样的画风也会这么接近自家。

去年夏天在老家学开车期间，每天喝完饮料我都把空瓶子悄悄装回包里，带回家扔在院里。她在捡，我若再扔，总觉得于心不妥。我本人虽无收集的习惯，但在扔东西的时候还是十分谨慎。妻子颇为欣赏我这点——觉得我尚是“恋旧”之人，大概将来也做不出什么抛妻弃子的事来。因为广州的家房子小，不用的东西赶紧扔是常规做法。妻子在处置一些鸡肋小件的时候也常问我“这个还要吗？”，只是那些东西往往小到让我发笑，竟然还隆重地来问我。

妈妈视力不好，捡一副茶色眼镜，镜腿上还镶嵌着三两粒“钻石”，应该有脱落，因为两边并不对称。想必那根本不是珍宝，但也不掩其豪华。可妈说这眼镜好使，出门喜欢戴着它，说不戴时眼睛看东西是蒙的，戴上它看这世界就有立体感。我几次要给她买新的她都不同意，偏说自己捡的这副非常合适。据她说有一次戴着这副眼镜跟我家旁边修围墙的工人理论，瓦工们竟然收敛了嚣张，听从了她的指令。据她分析工人们应该是把她误当作单位领导了——这显然是那副眼镜的功劳，捡来的东西竟然助她为邻居们捍卫了权益。

唉，若再得广厦三间，我就专门用于收藏大业，叫我妈来坐镇、筛选、看管。就戴上那副茶色眼镜，看什么官兵胆敢来犯！

五 电话、三轮、空调及其他

离家二十多年，与家里联系最多的是用电话。千里喜忧一线牵，但我觉得双方都总是报喜不报忧的。对于我这个在外闯荡的人来说，忧是常态，常伴左右。没有多少喜可以报，或者说我以为的喜对他们来说其实未必，是瞎胡闹并制造人生险情而已。

最早家里还没有电话，只能打到邻居家，先是在电话这头听到阵阵叫喊、由远及近的脚步声才能听到我妈那喘着大气的声音。那时候长途话费贵，没有大事打电话其实也是给家人和邻居添麻烦。

年轻的时候，在跟我妈通话的内容里，多数时候都是她在叮咛："我跟你爸在家一切都好，你好好忙你事。"然后还会加上一句："黄赌毒，永莫沾。"

联系不易，母亲的牵肠挂肚和叮咛竟能化为口诀。

平生里最让我妈开心的电话是那年妻子从产房出来，我第一时间打电话给我妈报告喜讯。当我说出"是个男孩"的时候，电话那头迸出一个“哟！”之后，全是笑声。

我当时是有点纳闷儿的，为什么一个苦难的母亲也会义无反顾地加入到重男轻女的阵营中去?

后来小孩大了一些，老家也装了电话，我常有意地让小孩跟奶奶通话。可小孩子没有耐性，总是敷衍几句跑掉，为此我也没少发火。

再后来给我妈买了手机，联系方便多了。只是她仍舍不得电话费，每次她有事找我，都是我先把电话来电按掉，再拨打回去。她的电话几乎只有传呼功能，我得默契地配合她把电话费控制在月租费之内。

智能手机时代，要给她买新手机她却不让，只让我们把淘汰的手机带回去给她。她又不能接受套餐，于是就只装了个微信，配合自己的手机教她怎么用。尝试用微信联系她，发现总不能及时收到回复。通常隔了一两天收到她的回复：我刚上街回来，刚到家看到你微信，真巧！

如今我妈一个人在家，情况变成儿行千里担忧妈了。我早已把县城里最好的几个朋友的电话写在一张大纸上挂在墙上，他们是紧急联络人，让我妈有事直接打。她从未打过，依旧告诉我她在家一切都好。

如今的我能做到的是经常回家。最好是带上孩子，赶上千里的路，出现在家门口，让儿子高声喊门：奶奶我回来了！然后，迎上奶奶喜悦的目光。进屋的第一件事总是在家里的一个门框边给孙子量身高，用笔做个标记，写上年份。逐年上升的身高线在门框上增加，我妈需要踮起脚才能刻画下一段久久期盼来的欢欣。

更多的时候是我独自回家。这些年，只要在北京或上海有活动，我都会尽量安排回一趟家。以前专程回家，总是被家人反对，觉得太浪费。若是路过，家人便能接受了。

从定远汽车站出来，穿过东大街，到西大街的家中，大约有两公里的路。早些年没有公交、出租车的时候，县城里跑的满是载客三轮。汽车一进站，三轮车们就会蜂拥围堵过来，家乡话嘈杂却总让我感到幸福。最早的时候车费是一块两块，几乎可以到城里任何一个地方，后来涨价至五块六块。有几次我坐了三轮，在轰轰隆隆中领略了小别的县城主街回到家中，几乎是一进院门，我还在归家的喜悦中，我妈就问我:"是怎么来的？坐三轮了吗？收了你多少钱？"当我回答说"五块"，妈会立刻神情懊恼地说，"你又亏了，其实最多三块……"。随即我也是无言以对。在我妈的眼里,我大概是永远都不会过日子的笨人吧。

后来我总结了原因：我是不愿意在落地的时候，跟操着家乡话的人狠心还价，更不愿意争吵而致不悦。

一个游子的心里，早就为家乡预备了很多原谅。

再后来，我干脆不坐三轮了，即使是大夏天，即使是背着大包。到了家里，妈又问我"是怎么来的"时，我便坦然以对："这次没亏，我是从汽车站走回来的。"

安徽，就是夏天热死、冬天冷死的地方。

记得前几年有个夏天的夜里热醒坐起来喘气，打开灯，几岁的儿子也在对面床上呆坐着看着我。我妈知道此事后终于心疼孙子了，决定给屋里装上空调，说真怕她的孙子暑假不敢回来了。

夏天午饭的时候必须开空调，否则实在太热，人几乎没食欲。在我妈的眼里，空调简直是珍贵的，是用来对抗灾害性天气的。门窗关严不说，门底下的缝隙还会找些破旧衣服塞上一塞，生怕冷气白白流散。

空调在夏天能开上几天，在冬天就完全休息了。我爸去世之后，我家的空调在冬天是罩起来的，我说的不是室外的空调机，而是在屋里的出风口。去年回家发现空调已经被我妈用一大块塑料布裹上，我就知道要咬牙过冬了，默默地把能盖的被子都找出来。有天早上我刷牙的时候，发现水槽口是结了一圈冰的，不禁一惊：原来我每天晚上都是在零度以下的空气里睡觉的啊！

我妈就让我多盖被子，家里被子多，那些老被在加至三层时，压得人实在胸闷。而且睡觉时总要露出鼻子呼吸，还是冻得脑袋疼，我妈就建议我戴帽子睡……一个知道此事的朋友甚至不觉得这是个经济问题，直接问：是不是亲妈？

只要出太阳，我妈就晒被子，洗衣晒鞋，最充分地利用起太阳能。还问我，你的相机要不要晒？

电话、车、空调就是我回归的脚步，半生跑下来，终于发现外面的世界已经不精彩了，可我的家乡还很无奈。我也常跟妈讲一些关于消费观的道理，人生不是攒钱来了，那些东西都是为人服务的，为了人更好地生存和发展。过于省钱，常常换来的是不健康，甚至更费钱。也跟她细算过一些账，告诉她一千瓦时才一度电，一度电才几毛钱。跟她说饭店是要赚的，厨师、服务员是要开工资的，更不用说房租。当我说到“你攒的钱以前够买一套房,眼看着现在只够买几平米了”的时候，她似乎才有些明白。

米兰·昆德拉在《生活在别处》里说，当生活在别处时，那是梦，是艺术，是诗，而当别处一旦变为此处，崇高感随即便变为生活的另一面：残酷。

中国人干脆说“学道的人莫回家”，我理解的意思大概是：人若直面原生家庭进行思考太残酷，那是个会把人的心思、情怀弄乱的地方，那里是基因与格局的战场，足以让你动摇你攒出来的一些信念、标准。所谓能避世修行的远方，大约就是与自己家遥遥相对的另一端所在。于是，冥冥之中，许多人索性选择离家远一点。以前回到家一段时间就觉得这样下去我定会变得焦愁、胆小、抠门，这明明就是平时我脑子里的事业、朋友、天下的背面。

没有办法，你只能给自己的家人预备下更多的理解。巨大的生存惯性已经在一代人身上形成了活着的伤，那是写入贫穷的基因带来的，至今还附着在他们孤寂的生活上，逼仄的院落里。母亲身上那些令我烦闷的不堪，正是她无语的艰难。

医生建议我妈做了胆结石手术后，不能再吃很油腻的东西。我曾多次跟她讲，吃菜剩下的盘底油不要再用来炒菜或留着下面条用。去年某天，我妈突然跑过来很坚定地跟我说：“我刚才把盘子里剩的油倒掉了，以前从未有过，直接倒掉了！”

我愣愣地望着她那从未有过的阔气神情——这是多么了不起的转变，我的妈呀！

再看这张很久以前拍的照片时，我会想起电影《太平轮》结尾处的那首缓缓唱起的歌："你是不能不飘荡的风，我是芒草走不动，来时低头倾倒你怀中，过后仰首看长空。"会想到虚实与命运，欢乐与哀愁，以及注定的分离。

防震棚

应该就是唐山大地震之后，全国各地防震防灾，搭防震棚成风。我家所在的镇中学也到了家家搭棚的境地。毛竹、木板、芦席、稻草全上，很壮观，像新的棚户区。

我们小孩子们是欣喜的，多了个小小的新家，抢着要在里住上一晚体验。那个开心滋味我想应该胜过现在住进豪华宾馆。

墙报、宣传栏里满是抗震科普知识，什么地震原理、怎么识别地震前兆等等。说震前蚂蚁会搬家，小狗会反常地叫……广播喇叭里风声也紧，特殊天气来临更是频频呼叫防范。但究竟地壳哪天会在我们脚下崩断，不知道。反正我们有防震棚，不至于彻底被动。

有一天，大敌终于来临。天气预报说有大风暴雨，而这似乎是最有可能开震的险兆。后来果然狂风大作，乌云压顶。我好像未曾见过那种骇人的天气，不知如何是好。我妈赶紧把我和妹妹找回家，叫我们拿上些衣服吃的，赶紧到校长家的大防震棚去。

校长家的棚是那种军用帆布的，大而结实，用大毛竹做框架，人字形扎于地面，像一座扯长了的金字塔。里面的地面铺满稻草，再铺上芦席，跟我们家的小棚相比，实属豪华。搭好之后我们去玩过几次，校长的儿子也说过，地震了就可以来，不用买票。

妈说："你赶紧带着妹妹去，快去，跑！"

我和妹妹开始跑，怀里抱着东西。很大的雨点已经开始零星地砸。

我跑了十几步回头喊叫我妈："你不去吗？"妈倚在门口拼命向我拂手："我收拾东西，你们先去！"

校长家的防震棚里已经到了不少小孩，基本没有大人。外面已经风雨大作，大棚仿佛一只逃难的大船，芦席底下的每一根稻草都有浮力，都能将我们一船人漂向某个彼岸。小孩子们就在黑咕隆咚的棚里嬉笑玩耍，有大一点的小孩说，只要等一会儿地球开裂的缝不在棚底下，我们就能活下来。于是我们希望我们不会那么倒霉，如果掉进地缝里就会死得太憋闷，还不如不来这里。

又很是担心爸妈，他们怎么还不来，可能是被暴雨阻隔了。家里的小棚子能不能经受地震？雨这么大可能它都已经在飘摇了吧？

就这么想着，睡着了。

风雨过后的第二天，仍没见家人来。大船也没驶向任何地方，还紧紧扎在地面上。晴好的天气已经扫去了大家脸上的不安。我们跑回家。

妈妈说听广播了，说地震过去了。

那个时候的风雨，其实全都是听闻的消息。大家其实也都穷，没有什么财产安全，剩下的是生命安全，更主要是基因安全。危险来了让小孩子们上船就是明证，那些小孩身上，有他们基因的流向。

后来那些棚子，慢慢消失了，用来储物或拆掉了，只有远方偶尔有地震的消息传来。前年我回老家，还跟校长的儿子小四——我的发小一起去过镇上的学校探访，他小时候住的砖房竟然还在，已经没有了门窗，快要倒塌了。防震棚当然无了影踪，同样也已经不在世上的还有他的父母，那对和善的、曾收留过那么多惊恐童心的校长夫妇。

后来我的人生经历中，还真的又再遇到“棚”这个概念，先是录音棚，后是摄影棚。牵涉的东西专业、繁杂，老板与客户是涉资不菲的关系了。“棚”这个东西，竟可以不再跟贫穷、落难相关。相同的是，凡进棚的人，歌手、明星或普通人，皆是需要搭乘，想要驶向什么彼岸。

不过我的摄影就不需要进什么棚，全然在江湖风雨中。就像小时候的那天，带着衣服和吃的，就跑出家门的男孩。没有方向，日日年年，全然不知有什么能将他搭救。

夕阳已下，小男孩在江边堤坝上不知疲倦地跑。为什么势单力弱的童年会比成年有着更多的力气与胆量呢？我想那一定是出于热情与好奇，我们在后来应该是渐渐松懒了引擎，并逐渐厌倦了吧。

不可战胜的夏天

我对故乡的记忆，全部是夏天的。

那是淮北平原上的一个普普通通、古古老老的村庄。后来我发现，在任何时候读历史、听故事时我都会拿它作联想的舞台。只要有“古时候，有个小村庄……”，我的脑海里会立即呈现故乡的环境。然后，我的亲戚们也开始装扮登台，有的装成地主，有的扮成饱受欺凌的长工。

虽然说那时候是穷年月，但故乡之夏给我的记忆是丰盛的。那里有我平时不知道的世界，目光所及，琳琅满目。我几乎在用其他所有的时间渴盼夏天的到来，我就知道，在我暑假抵达前，它们用整个春天、初夏为我备好了一切。我的堂兄弟们，远近本家们，他们总是在原地等我，等着我共度夏天。在我走后，他们也在原地，安然度过一个秋冬之后，等我来年从天而降。一切仿佛是为我而设的一个喜乐大局，一个弥天欢场，一个永远亲爱的存在。

以往父亲带我们回老家，汽车转火车，再加上徒步，要花上一整天。伴着傍晚的蝉鸣，天擦黑的时候到，看着油灯下老少亲人们的笑脸、桌上的手擀面条，疲劳尽消。那时候父亲的打扮总是的确良衬衫、手表、皮凉鞋，而且是穿袜子的，标准的知识分子还乡模样。而我一回到老家就全然顾不得斯文，我迫切地等待沉陷。我知道狂欢季开始了，今天不算，明天才第一天，我有的是时间。按捺不住的欢心开始盘算着今天晚上在哪个露天的地方睡，那是第一项在自由天地的体验。

村里人夏天多半在屋外过夜，除了老人、妇女。木架子撑起的绳编床，篾席往上一放，清凉又透气。或者干脆铺在地上，平整宽敞的打麦场有足够的地方可以睡，蚊子不多的夜里，被单也不用盖。夏日里，我可算是本家小孩子们的精神中心。我比他们白，我比他们成绩好，这些在村里不是什么优点，但可以做一做临时掌门。堂兄弟们、各个本家亲戚们都聚拢来，睡成一排，最亲最好的，会讲故事的，才可以挨着我睡。

星空下，夏虫声浅，我蜷缩在故园的怀里。这幸福无边的夜。

直至次日，幸福地被太阳晒到屁股。于是起身，篾席上常会留有人形。人睡的地方是干燥的，其他地方已经微湿。原来，一夜酣眠，竟有夜露涂抹了身体。

在白天，多数时候天气晴正，偶尔有祥云飘过。村里更多的小孩络绎不绝地来。

蝉们一早就开始了一天的噪叫，振振有词。

白天，跟伙伴们无休止地嬉游。父亲因为要帮着家里做农活，无暇他顾，所以我除了偶尔写作业，其余时间都在疯玩。哪里都好玩，什么都可以即兴而为。草堆、粮垛、牛棚，还有蒙着眼睛的骡子不停在磨坊里转圈……这都是我们的欢场。有一种木制的大车，木轮用铁边包着，布满铁铆钉，运粮食用的，用牛拉。平时不用的时候停在棚子底下，我特别喜欢去那车上玩。

赤日炎炎的时候主要在池塘一带活动，我就是在那里学会了狗刨。采莲蓬、菱角，在岸上用稀泥巴涂满全身，再爬上树杈往水里跳，出水时泥巴没了，但发现肚皮已经被水面拍红……游完泳，在浓荫的树下玩上一会儿。和风习习，吹干身上的水，皮肤变得滑顺。

很小的小孩子们，在村里全是光腚猴。那些年我也经历了从不穿到穿一点再到穿整齐的进化，回想赤条条在村里嬉戏的场景，真是无邪阶段的特权。一群光着屁股的小孩围拢蹲着玩虫，谁若放屁，无须究问——他的屁股底下会有烟尘。没经历过的，不会有那个生活感受。

夏天雨也不少，一场过后，会有好几天都要踩泥巴地。水泥路是城里才有的稀罕物，那时候村里没有任何一块地面是水泥的，包括屋内。雨天大家都赤脚，我开始不习惯，觉得泥巴会滑得脚心痒痒，后来越来越觉得有趣，特别是脚掌踩下去的时候，软泥浆会从脚趾之间柔柔地往上钻，跟现代人形容巧克力的滋味类似，那也是一种连着心的滑爽。

饿了，有的是吃的，树上的果子，地里的瓜，信手摘来。蝉蛹、青蛙、蛐蛐都是野味。作为豪华回报，我也会带他们去偷爸爸带回来的装在铁盒里的饼干或鸡蛋卷，让他们一尝至味。

每顿饭可以在几个叔叔家随机解决，青椒、南瓜、豆角，都美味。大铁锅炒菜，满屋子蒸气，和着菜香气、柴火的烟气一起涌出来，漫出灶火屋，从房檐向上流走。灶火余烬里还可以埋上嫩玉米或红薯，饭后出去玩上一圈稍微有点饿的时候跑回来寻出它们来，它们刚好熟，可作为零食点心。

由于土质的原因，那里没有水田，不产大米，所以主食都跟小麦有关，馍或面条。忙时吃干闲时吃稀，而我们在时，在哪家吃饭，都会有几个炒菜。米饭完全断绝的感觉持续两个月左右，对我来说还是有些不适应，我挺想念米饭的，因此他们会在我们临走的前一天煮上一次，作为饯行。

记得有一次我还很认真地纠正大人们：如果一个暑假可以吃一次米饭，那么就应该在时间的中间点吃。放在最后一天吃意义已经不是很大了，因为我们明天就回定远了，有米饭吃了。大人们觉得我说得很有道理，转而我又觉得不好意思起来，毕竟米太缺了，做上那么一顿也是勉强。通常还煮得很稀，简直不叫米饭，属于那种稠一点的稀饭。

现在想想，夏日里除了蝉声，其实村庄里是安静的。那时候没有车来，因为还没有什么路。村里如果来了担担子的货郎，就算是能引起沸腾的事。小孩子们一定围过去，扒在他那个装满了小东西的百宝柜的玻璃上看，看大人选购针头线脑。一个孩童围观商业活动，受购买力煎熬的滋味是不好受的，那个年月，“买不起”几个字永远在耳边回荡。有时候可以用破铜烂铁、牙膏皮、长发辫之类的东西换，可平时没有积攒的话临时又找不来什么东西。村里留长辫子的大姑娘都会被别人羡慕地认为是在储蓄。便宜的东西也有，就像糖豆，一分钱七个，彩色的。

走村串巷的剃头匠，依次在某一户家中吃饭，算作劳务。若是没吃，给点什么也行。手艺在那时候还不叫生意，只是为了生活在“换”，没有“赚”，本分至极。

跑去村头西望落阳晚照，向晚，日头美得有些哀愁，我每天都掰着指头计算距离暑假结束的时间，谨慎期待每一个未曾谋面的美丽明天。

夜空的流云拂过星斗，月亮在航行。太阳和月亮对日子的重要性，得在农村生活过才会体会更深。开晚饭的时间挺早，同时听收音机里的长篇评书，之后活动就因为没有电而大受限制了。油灯或蜡烛不会一直点着的，那太浪费，可是走在漆黑的屋里摸索着找东西的滋味不好受，那种感觉现在的小孩就难体会了。

打麦场是不变的夜之欢场，我们在那儿交换鬼故事、童谣，辨识着星宿的位置，猜想着哪一颗是天边的另一个自己，等着不请自来的睡意。

偶尔传来有别的村放露天电影的消息，这需要有得到消息的人报信才行。有时候大队人马赶过去才发现并没有电影，又在夜色里悻悻而归。如果消息准确，远远地就可以看到，村边的某块空地上，黑压压的人们，仰望着闪烁的银幕，那情景就是大地上最超现实的存在。每当电影散场时，外围的沟坎上还伏着一排睡着了的小孩子，需要家人边呼喊边翻看辨认驮走。继续一路睡将回去，醒来还会问大人：后来他们打起来没有？怎么不叫醒我！

夏日接秋，看着村里许多果子从红熟到光秃，已经有树叶开始随风落下，心情为之黯然。我就知道要开学了，我要走了。

喜乐是有尽头的，得开始计算暑假还剩四天、三天……直到要离开的当天早上，堂弟们坐在爷爷家的门槛上，看我们收拾，去坐他们还没有见到过的火车。他们穿着长袖衣服来，纽扣总是不齐，也不干净，好像去年穿完收起时就没有洗。

“等着我，明年再来。”这般孩童的豪言壮语，每年都在用。我知道这是一句临别时客套的废话，他们肯定等我，我也必定再来。

可是，终于在某一年，他们没有在原地等我，我也没有再来。我出去闯世界，他们也开始出门打工。

我们明摆着是看到田园牧歌的最后一代人。

印象中我都快上中学的时候，老家的村里才通上电，才有用电的磨坊出现。因为这一点，村里的马拉石磨立即退出了历史。手扶拖拉机、小四轮等出现后，骡子、马就不见了，那个从古代来的木头大车也消失无踪。草房逐渐被瓦房代替，还陆续出现了两三层的小楼。似乎就是从我没再回来开始，中国乡村的现代化进程开始了。或许也正是在这个浪潮中被卷入太深，无力回望，才导致我回乡的旅程一拖再拖。浪涛势头正劲，还在拍打、冲击、淹没。多少年来，总觉得自己在观察众生，现在该观察族人、家人了，故乡不再是我童年时猎奇的场地，而是问题的载体。

有书上说，乡村是世界的根，人类的童年和老年。个人的枝叶蔓延源自可颂的土地，我似乎也只是吸收、索取，从未归还过什么。

那是最好的童年，无以复加。它有不需要证明的强大。还好我有个故乡，还好有一些旅程。去游世，去跋涉，带着热情与好奇。我想这都源于记忆，其来有自，无远弗届。

加缪说得极是——在隆冬，我终于知道，我身上安放了一个不可战胜的夏天。

小时候，单纯和勇气是一个意思；长大了，有些内容便会抽离。所以，要么你能保持，要么一切趁早为之。

青春寻呼机

疾奔少年

干就完了

那是高考前的冬天，眼看着还有半年就要决命，可我的成绩仍是平平。

在一天午饭的时候，父亲兜兜转转地问我愿不愿意去当兵，我瞪大眼睛说不愿意。那时候，没有办法读书考学的孩子才会走当兵的路。随着我一点点长大，与父亲交流益少，但他竟然在替我考虑出路了，竟然想出当兵这样的“下策”。受了刺激，我有点儿不高兴。父亲见我这么坚决，说了一句：“那你要好好干了。”便不再言语。我感觉出了形势逼人，一切已迫在眉睫。

当天晚上，我失眠了。那时候我在院里的小屋里住，与一个小火炉为伴复习复习再复习。想想未来一片茫然，我怎么也睡不着。思考的结果是要在自己身上找问题，还是得加倍努力学习。我要通过一个行动证明自己开始发书愤了。盘算来盘算去，我决定对自己狠一点，在自己的手腕上烙个什么字，用以明志。

那个时代流行的劝学口号是“科学有险阻，苦战能过关”“勇攀科学高峰”之类，我决定提炼一下，用一个什么字归纳之。辗转反侧冥思苦想，灵感终于来了，一个“干”字浮现了出来。

于是翻身下床，开始我的文身壮举。我找来一根缝衣针，用钳子夹住，在煤炉上烧红。

我要开始了！犹豫了一小会儿，反正这已经是笔画最少的励志之词了。开干，两横一竖，随着滋滋响声，青烟上升时伴随着一点肉香，疼得我龇牙咧嘴，差点晕过去。长这么大没尝过硬生生挨烫却不能躲避的滋味！

搞定。欣赏着左手腕上红红的烙痕，发现最后那一笔出了点儿头，有点像“廾”的感觉。不够完美，一时又无计可消除，真是让英雄扼腕了，那抱憾，不亚于阿Q死前觉得自己画的那个圈儿不够圆。

于是又开始宽慰自己，可以理解为“冲天干劲”！哈哈，有文化真好，其寓意竟然还有延伸。得，在这一点上，真应感谢阿Q了。实在得意还有这么简单而有力道的字被机智的我想出来，算是经历了小型的浴火考验了吧。再后来看台湾的电影，年轻人嘴边带着密集的“干”，发现字幕写的是“幹”，心中便一阵后怕，实在感激有了简体字。

那个冬天在炉火前的赤膊少年，在快要到二十岁时幡然醒悟后用他可怜的勇气向身体发出过简化号令，知道自我励志了。在此后的人生里，他可没少进行过精神与身体的争斗，切肤之痛多得很。因此，王尔德才会说“烫痛了的孩子仍然爱火”。父辈只告诉他去干，去奔跑，似乎再也没有别的什么交代。当尚不具备辨别、判断等诸多能力的时候，我们在那个小环境中获得了最初始的动力，暂时的目的也只是离开那个环境，其实还根本不知道朝哪里去。

倒是有一个概念随痛钻进了心里，干就完了。

风火轮

小时候，我的字典里没有“走”字。有个邻居总说：“这小子，永远都在跑。”

是的，不管干什么去，好像都不会正常步行在路上。“一溜烟”，“飞也似的”说的都是我。出去找人玩、大人让我出去买东西，皆是跑出去，跑回来。那时候咱屁股是翘的，擅跑，心里好像有个小马达，脚像踩一对没有刹车皮的风火轮。仿佛赶着时间要去与人接力、交棒，用最短的时间去完成什么。双拳在肋口紧攥，摆动，还会在转弯时抵抗离心力而身体侧倾……

我是挺晚才知道自己是白羊座的，还听到对这个星座的总结是“一辈子都在急”，很准确，心里有一点儿事，就会火急火燎。比如坐地铁去机场，我常环顾四周，不难发现整个车厢里，只有我汗涔涔。

我有个悲催的习惯，就是醒来后绝不赖床，睁开眼就翻身下床。父亲喜欢早起跑步，也不让我再睡。虽然后来我也不愿意跟着跑，但也不得睡懒觉。这个习惯持续至今，睡醒觉没事也会起，觉得睡觉这件事结束了，就应该起来，再躺着就是个错误。其实常常起床后也未必有事做，但仿佛总可能有什么大事要等着我去做，总让自己呈现一种待命状态，就差枕戈待旦了。

小时候看过不少古代故事是关于智者和笨蛋的，说有个笨人在走路，下雨了，奔跑的人冲他喊叫："下雨了，快跑啊！"可他仍不紧不慢地走着，说："为什么要跑呢，前面不也是雨吗？"

看故事时也会觉得他真笨，竟然能讲出歪理，但那歪理似乎也有一点道理的，他身上起码部分心态是对的。我们小时候出去玩，明知道要下雨也不愿意带伞，其实是对结果不在乎。挨淋的后果并没那么严重，可能还有乐趣，于是就全然不管了。看来，区分重要与不重要的事是智慧的重点，大小事都急的人最苦。

这快步如飞的习惯随着长大也会改掉一点，但总不彻底，"从容前行"放在我身上仍是个笑话。

直到后来，我与女生散步，被女孩说过无数次：你不能走慢一点啊？讨厌……我就会立即站住，开始笑。好像确实傻得讨厌，眼前发生着的，不正是不请自来的大事吗！离目的地还远，现在的要点是把时间抻开，把距离延长，人生怎么还有这样的路段？路上的时间总在被挤压，这不对。把跟女生缓慢散步发展成面对面站着不走，这事儿基本上就成了。看，我也不傻，火急火燎遇到了甜蜜的责备，是时候痛改前"飞"了。

几乎注定无药可救的莽撞岁月，眼看着要低头跑过最美的风景，是那一点儿温柔喝止了我。

难为情

我们的童年少一段

应该没有人否认罗大佑的《童年》是首好歌，代言了我们曾经懵懂、焦躁的时光。不过我们最早听到的版本是成方圆唱的。高中毕业后，听到罗大佑的专辑《之乎者也》才知道，这首歌足版有五段，成方圆的“引进”版本里少了一段歌词。分析被删的原因，主要问题应该出在“隔壁班的女孩怎么还没经过我的窗前”这句上。被歌颂的纯真，却被禁，也是咄咄怪事。当初，一定有谁拿了主见阉割了这段人性，不知道他自己的儿孙后代发育是否健全，真的健康、平安如其所愿。

人有多大的能力就能做多大的蠢事。我们的童年就这样少了一段。

高中时有个教历史的女老师，虽已中年，仍可相见她年轻时的娟秀美丽，上课时偶尔扯开老远。有次说到“驸马”“招赘”的话题，老师很热情地举例，所有男生身临其境。她说，比如你将来做木匠了，去某个达官老爷家干活，而他家的女儿看上你了，老爷拗不过宝贝闺女，哎，你就留了下来，成为东床快婿！我至今还记得起她说那一声“哎”，是第二声，拔高了声调的，两眼也同时放着光。仿佛告诉男同学们人生可以另辟蹊径，走向光明。

“这就是俗话里讲的，倒插门！”老师补充。

在座男生们几乎全都低头笑而不敢出声，那是一种集体难为情的壮观景象。我敢说，男生们那一刻都是心旌动摇，喜悦盈满的，未来的人生竟可能有逆向思维结出的硕果。“倒插门”，好生猛的说法。“东床”，天哪，袒躯陈体，花红一片……我不敢再想下去。

难得那一天有老师把我们的生命放在历史中嬉笑一说。

中国文化特别擅长的是不讲清道明。这个聪明的民族喜欢意会、解读，仿佛一切能在不着一字的状态下稳步运行。家长与孩子、老师与学生之间除了读书的事，其他事是围堵、限制，避而不谈的。以前的小孩子想取得一点儿成长，简直就是在悟道。什么都是内里的翻江倒海，一切在暗中潜行。

当我发现胯下长出了稀薄的幼毛，心里惊惶至极：完了完了，这辈子都要暗做无耻之徒了吗？跟自己说清这不是自己的人品问题，总要花上一段时间的。自己的创伤愈合之后，又会推己及人，是所谓淫邪。

当中学男生们把录像机用毛毯包着，聚到某处去看成人片，出来后走在街上看谁都像光着身子，那样浑噩的负罪感没有办法向这个世界告解，也没有人去听他的拧巴。

自来卷

男生寝室熄灯后常有夜聊。据说犯人夜晚也谈论性话题，与作奸犯科锒铛入狱者的饥肠辘辘应该有所不同，蒙昧学子的夜谈要文气许多，应该是透着小心翼翼的恳切，那是黑暗中的恳谈会。主要内容是点评女生，倾诉暗恋，甚至意淫配对。获得配给者在黑暗中咧嘴笑纳，再咧着嘴入睡。

当时有个外系女生是学生会干部，会唱民歌，是个俏姐，头发是自来卷。我们某天晚上决定恳谈一下她。

既然自来卷，我们就猜其下体之毛到底是卷曲的还是直的。答案出来之前，还有人进行了分析联想：比如，一个金发的人，其体毛断然不可能是黑的吧！因为基因品种不可能有两套性征。最后还煞有介事地决议：卷曲无疑！嗯，头发卷则阴毛卷。这是令人得意的科学的推断，让人感觉这简直是个每次在校园里与她擦肩而过时内心可以暗爽的秘密。

大惑得解！

多年以后，在图片看多了之后才明白，关于金发姑娘的推断是对的。至于自来卷的推断，其实也没有错，只不过是枉费了那一晚的心机——那一屋子精虫上脑的文科少年在暗夜中并不擅长弄清曲直，答案也根本不用等到多年以后。在第二天清晨勇于低头面对晨勃的自己就可以知道：

我们都是自来卷。

丰都的江滩上，一个男学生百无聊赖地游荡，不知道是考试提早交了卷还是逃了课出来。他在我跟前停了停，手里的圆珠笔还在咔嗒咔嗒地按。似乎对我的相机感点儿兴趣，我没有问，反正在我摆弄相机的时候他没有离我太远。

公猪也有奶头

小时候看的报纸杂志上，经常有一些科学小知识、生活小常识之类的内容。曾对“老母猪肉不能吃”的知识有点儿印象，指的大概是那些专门用来繁殖的、年老以后被淘汰了的母种猪的肉。文章大概是说母猪肉皮厚、纤维粗、营养差、口感不好，更严重的是母猪哺乳期间，会被使用大量的药物，食其肉对小孩、孕妇健康影响很大。于是一边在脑子里浮现猪妈妈躺在圈里，边上围拢着一圈小猪在拱奶的情景，一边牢记这个知识点。后来也听说过猪妈妈穿的是“双排扣”衣服的戏谑，它的纽扣数量通常跟产仔量天然匹配，小猪崽们一仔一奶。

毕业后刚上班那会儿，由于是单身，吃饭总是凑合。特别是那时候每天练琴时间很长，如果再去买菜做饭会太耽误时间。

有那么一天上午，我抽出时间出去买菜。顺带休息一下，给自己加个餐，除了素菜以外，还特地买了一长条的五花肉。

我兴致勃勃地回去准备做午饭。刚打开塑料袋，我一下子惊了：那一条窄窄的的五花肉上，分明有“纽扣”！天哪，母猪肉！买的时候怎么没注意呢，本来就没啥钱，想着能改善一下伙食，为成天辛苦练琴的自己打个牙祭，不料上了奸商的当，真是痛心疾首，怒火中烧。

我站在阳台上，把装肉的塑料袋口扎紧，朝着远处楼下的垃圾堆，把胳膊抡圆了扔出袋子。原来人在愤怒的时候，投掷能力也能发挥到最好，几秒钟之后，才听到那袋肉的坠地之声。它带走了我的万千懊悔，也让我当时脑海中浮现了“穷且益坚，不坠青云之志”的励志名句。

那天中午饭，我郁闷地继续吃得很素很凑合。这种郁闷持续了好几天，我对坑害穷人的人一直不能原谅，更何况是坑我。

好几年后的一个夏天，我闷在屋里光着膀子练琴，直练得浑身是汗。就在我抄起毛巾擦汗时，就在毛巾滑过我汗湿的肥厚胸口时，我突然愣住了。

好像有什么不对。天哪，那块带纽扣的五花肉……

交谊舞会

上大学之后，有那么一两年，迷上过跳交谊舞。

刚入学时的周末，由学生会组织，请高年级的俏姐儿来教跳，三步四步，音乐是录音机里的韩宝仪。开始是学姐带着学弟跳，边跳边教。稍稍会了一点之后就可以带着学姐跳。我记得那时的自己羞臊得几乎屏息，脸热心跳，低头弓腰，不敢贴上近前的身体会向后收，肯定僵硬难看。被女生搂着和搂着女生都是平生第一次，这是开天辟地的事。

娱乐是安全的体验。就像拳击是合法的暴力，舞蹈是人类加工过的边缘性行为，有强烈的暗示性，由两性默许搭建而成。毫无道德负担，却又可以抵达轻浮造次的外围，这真是人类的美好发明。身心两利，足以让人迅速上瘾。想想都激动，以后的周末都可以在自发的莺歌燕舞里度过，就要与她们你情我愿地共处美妙人间，世界就要转起来了。

这分明是长大的好已然来临！

舞池，既是两性小世界也是两性小社会。男生都是穷绅士，摊开手掌伸向女生："我可以请你跳支舞吗？"女同学会愣一小下，再转头看一眼身边的女伴，有点抱歉地先行一步的意思，女伴微笑，算是放行。遂才缓步迎上，步入舞池。

韩宝仪，我不会忘记，给我的青春提供了最早的甜和速度。《你潇洒我漂亮》《粉红色的回忆》《心心相映》……都是最初感受时间和距离相对论的背景音乐。男孩子开始琢磨与人相处之道，怎么表现，如何竞争，怎样把握。

微胖的女生后背上勒出的沟，与之共舞时触到会被电了一下似的移开手，大家虽都若无其事，不过我也不信她不知道。诸多节制的触碰中，有些什么在中和、消解，也渐渐意会了某些默契，熟悉了某个眼神，遐想着与谁更为登对。

也有性格火辣的女生班干部，举止豪放，我钻头觅缝寻找舞伴的过程中常被她们截获。"过来跟我跳舞！"在我发愣的当口，手已经被扯着举向空中。腼腆让我被更加粗野地对待，人类搭建起来的含蓄优雅会在女生的主动下化解如崩，实是无语。

舞场里，通常是男生比女生多。舞曲响起时，也有凑不成对的，不甘冷闲，于是出现男生与男生跳的景象，很是寒碜。也偶尔有女生跟女生在跳，让人觉得浪费人手且同样古怪。小时候看梁祝"十八相送"的戏，就发现那梁山伯明显也是女演员扮的，这让我很难入戏。

前段时间回顾老电影，又看到港片《监狱风云》里周润发与其他男犯人欢欣共舞的场景，忽而觉得跳舞这件事有一种很深的伤感在里面。又想起在学校时的舞会，趔趄学步、凝神屏息，个人的小小寰球刚刚开始转动，无力飞旋。

那时的感伤是喜欢却又匆匆避开的眼神，一次次攥起又不得不放开的手。

词变

眼看着以前的一些词很常用，后来经历了新的流行的冲击，便消失了，或者意已偏转，指向另一概念或群体。比如大家都知道的，“小姐”“同志”早已不再指大户千金和某主义下的同仁。这些偏转的词义，不知道在将来还能不能回得来。

在我们小的时候，说男子相貌好，风度翩翩，用的是一个意味清凉的词“潇洒”。潇洒在风尘，孤单寂寞冷。如今会用“帅”，以前好像就没有这个形容词。不再被用来形容人美之后，“潇洒”大概只剩下清闲、大方之意，这时候如果再强行用来说人样貌，大概只能是说他长得不慌乱、慷慨、不保守……

“帅”字一出，一扫“潇洒”的内敛孤绝，出类拔萃感一下子就出来了。

看来，帅，就是活得难以隐蔽，一定程度上出人意表，起码可以局地称王。极端例子就是当年春晚上一炮而红的费翔，那个潇洒啊，不，帅到举国没有准备。自顾潇洒看来是不行的，要被推举出来当王。帅，有一种凌驾感，同样形容男人美，帅比潇洒多了些斗争性。社会发展了，男人的心态变了。

“丰满”，以前常用来形容女子“身体胖得适度好看”，而如今再这么说人，估计会当面打起来。匀称之美在当世不流行了，瘦瘪才最如意。丰满在贫困年代还是褒义，如今美的标准改变了，女人们也变了。

那些帅久了的男人，终有一天也会颓居二线；瘦不动了的女人，也会悄然胖起来。这不也挺好嘛，只要看得开，可以安然重回潇洒和丰满。去过潮流高地，后来滑落坡底，发现完全可以重拾一些词的本义，它们本来就是端端好词。修改审美底线也许是出于无奈，但也是一个由虚妄回归自然的正途。

以往的人说话、写字还会常用到“相思”“渴望”“心上人”“难为情”……这些词现如今踪影难觅了。除却胖瘦话题，人的内心戏也不一样了，莫非这个时代从外到内，情况都已生变？

我应该是一个审美上比较传统的人，乐见男人们是潇洒的，女人们是丰满的。女性朋友听了未必高兴，其实吧，在胖和瘦之间，我肯定会选比较难为情的那一个。

2006 年，我第一次到了成都。清早来到人民公园，早点摊已经摆好，还没有顾客，大妈们已经起舞翩跹，一派安逸的生活图景。我对女人跟女人跳舞没有意见，只是觉得小个子搬动大块头会有些累，这或许也是交谊舞锻炼效果的一部分吧。

多少人走过了洛阳桥

一

温州到泉州的动车，行了大约三个小时。来车站接我的摄影师叫郭国柱，是我朋友的朋友。当在出站口迎上他浓重的泉州口音和特别闽南的脸孔时，我知道我真的穿越回来了。二十五年了，我在做乐队时，曾在这里混过。

国柱接到我时，其实不知道我为什么来，大概觉得我只是游走拍照。我得慢慢跟他讲。如今做摄影，由一个本地摄影师带着找寻旧迹，怎么想怎么觉得神奇。

我把行李放在国柱的车上之后，就坐在路边的栏杆上把靴子换掉了，气温在三月底的南方已经进入了夏天模式。我一边换鞋一边再三感谢他来接我，并要陪我两天。有辆车对我这趟旅程很重要，因为时间紧，我有一串在记忆里已经依稀的地方要去重逢。

国柱说自己也是自由人，能一起玩也是开心的事。他说自己的车是一万块钱买的旧车，性能良好。他问我想去哪些地方，我一下子又很不确定，除了泉州城，我最想去的是待过时间最长的惠安县，更是想看看泉州和惠安之间的洛阳桥。

我们决定下午先在泉州转转，参观了几个寺庙，逛了几条老街。这些年，一些来过的朋友跟我说过，泉州老街老巷的风味保持得算比较好的，感觉很不错。我也基本同意，有些小街还依稀像从前的样子，但毕竟一个城市已经升级了肌体，人流车流着实增多了不少，脉搏也加快了。一些小巷子里的建筑基本没变，但路两边停满了车，单从这一点上看，视觉上跟从前就有极大的不同。

在步行街上，遇见装修讲究的面线糊店，国柱见我驻足诧异，旋即带我冲进去吃了一碗。虽然不是饭点。

之前从小到大在内地，可以说根本没有出过什么远门。当年初到闽南，应该说是十分欣喜的，那是一个别样的世界。到处是没见过的风物，建筑、饮食都很不一样。面线糊就是刚到泉州时的重要记忆，极细的面条丝，煮出来是糊状，卖家会用剪刀把一些熟食剪成小块加入其中而不是用刀切，后来渐渐也觉得那也是相当灵活之举。头一次吃到是在惠安县的一个岔路口，一个老头摆的小摊，我似乎还能记得那个老人的长相以及我问“这是什么”时他回答的口音。

被面线糊牵引出来的还有很多，都是初到闽南时的初见、初食。比如馄饨在这里叫云吞，是可以掺着面条煮的，叫做云吞面。我也是在福建第一次见到柚子，在路边发呆看了半天，好奇橙子怎么还有这么粗笨的本家。还有空心菜，杆儿咬入口中脆得发出响声，我一度叫它“响菜”。还头一次见到把带壳的贝类直接放进面条里煮，总怀疑会有泥沙俱下的卫生隐忧。也是在这里发现当地人是饭前喝汤，花蛤豆腐汤特别鲜美。还有一种用花生做的甜汤，花生瓣儿竟然能煮成软的，入口即化，就算是没有牙也可以吃。

傍晚时分，驱车去了南安的五里桥。很美的古桥，五里长，长条的石板铺就，是古人跨越海湾的壮举。我已经全无印象当年在这里还有这么一座桥。我问国柱，洛阳桥似乎跟它很像，也是这样的石板桥吧？国柱说对，很像，不过洛阳桥建得更早，在建桥史上地位更高。我们在五里桥行了一段，折返回到桥头时已是夕阳西下。本来心里有个想法是把这落日时段放在洛阳桥的，看来时间吃紧了，因为此地在泉州之南，洛阳镇在泉州之北，开车过去还是需要一点时间的。国柱似乎看出了我的焦虑，说：“我们晚上就去洛阳桥头住吧，天亮就可以去看桥。”

很好的主意。不过我的疑问是那儿有住处吗？二十多年前洛阳桥基本上是孤零零的存在，桥头是没有什么人家的。难道现在泉州的发展已经推进到那个海湾了吗？

答案是肯定的。夜幕里国柱叫醒在车里打盹的我，说到了，这里离洛阳桥只有几分钟车程了。

匆匆寻了住处，可以安心睡觉，一切就在明早。临睡前，我在手机上播放的是一首蔡秋凤的《金包银》，“窗外的野鸟替我啼，人在江湖身不由己”，边听边查看手机地图。国柱问，你怎会听我们这里常听的歌？其实我保留着听闽南歌的习惯，不仅是以前的蔡秋凤、陈小云之类的老歌手，连后来的几代闽南语新歌手张秀卿、江蕙、黄妃等我也算有了解。那时候每天要给大量流行歌和闽南语歌伴奏。乐手需要会大量的流行歌曲，几乎得是一个曲库，并能根据不同的歌手灵活定调。至于闽南歌，风格类似，多为轻快的小短曲，记住它们的前奏间奏，其他无甚难度。歌曲这东西，敲打记忆，随时能把时间和空间打通，达到不思量自难忘的效果。

手机地图上显示，我们住的地方是泉州的洛江区，已经街道密布了，洛阳桥就在附近，蓝色的海湾仿佛就在我的枕畔。我跟国柱说，如今我们导航一开，半个小时后到达某个点上，去看某个东西，时间地点尽在掌握。而在当年，我们对到底身在何处其实是不清楚的，只是大概知道自己所在的地方在某个城市的大致方位。

又看了一眼下午所在的地点，觉得这个地名颇熟悉。给以前的鼓手发信息问，南安水头镇还有无印象，我怎么觉得肯定去过那儿呢？鼓手回复说，没错，水头镇那边当时有两个“大场子”——“聚天骄”和“水上歌舞厅”。我一拍脑门，差点从床上惊坐。地点想起来了，一些事情就想起来了——我当初刚到福建时最艰难的一次转场就是去水头。

刚到闽南的时候，乐队还很不稳定，远距离调配人员是常有的事。那一次我从安溪前往南安水头镇，投奔一支蚌埠的乐队。当时也没有电话，一个人带着行李、乐器，拿着个写了地址的纸条就去了。

转了几次车之后天就快黑了，竟下起了大暴雨，没有车可以再坐。本想天黑之前赶到，不耽误晚上干活，无奈困于半途只能干着急。我被淋了个半湿，护着琴包，以及那个写有地址的纸条，躲在岔路口一爿小店的檐下直至天亮。记不得是因为不敢住店还是因为雨太大没法找住处，就在路口没离开，等着天亮雨停。那次夜奔，平生第一次体会到了异乡“飘零”是什么滋味。小时候，男孩子总是明知道会下雨也不愿意带伞，未雨绸缪那是大人的事，不就是雨么，感受雨与挨淋本来也不是一回事，有什么好绸缪的？而那晚终于遇到了第一场让我为难的大雨，倒不是因为没有伞，而是心里茫然，感觉未来如雨幕般一片模糊。雨水沉重地垂直落下，那力道和声音让人无法喘息，更没有办法去找吃的。时节大概是初春，夜里相当寒凉，我瑟缩在被雨打得乒乓作响的屋棚底下，抖得像一片叶子。

二

我们没吃早饭就来到古洛阳桥边。我所说的洛阳桥，其实指平行的两座，一座是千年古桥，一座是新公路桥。

老桥已经过一番整饬，修了栏杆。桥头有一众女人在对着头一排石碑做法事，唱颂着什么，并围着转圈。空中有好看的云，和风习习，没有什么游人，一切都是好的征象，一切已然告诉我这里已经改天换地换人间了。

我们参观了桥头一个小小的展厅，把洛阳桥的相关知识又彻底了解了一遍。那些内容，之前在对这里魂牵梦萦的时候我就在网上查过。洛阳桥建于北宋，是中国第一座跨海梁式石桥。桥墩是舰船形的，可减少水流冲击,并且聪明绝顶地采用了“浮运架梁”“养蛎固基”的技术，这些都是最先进的首创。

站在古洛阳桥上，我指着不远处的公路桥跟国柱说：“以前，那个公路桥的桥头有个桥头堡，楼上有个酒店叫海味馆，约三四层高，顶层是歌舞厅，我在那里待过一段时间……”国柱也很惊讶。

那时沿海经济发展起势正劲，内地却普遍不景气，大的国有工厂不行了，下岗风潮来临。90年代初，内地摇滚风潮突起，在老家搞乐队的年轻人,如我,时常陷于没钱的境地。不知道起于何人得到了风声，可以“下海”“走穴”挣钱，去闽南刚刚兴起的歌舞厅驻演的伴奏乐队逐渐增多。那会儿搞摇滚的人崇尚技术，通常看不起搞流行歌的，没办法，为了挣钱补血，一些乐队悄悄摸到了那块电话区号为0595的奇境异土。

那个时候泉州南北还没通火车，更别说后来的高速公路和动车了。得先坐火车到福州，再转长途大巴到泉州，再到县、镇。没错，有些歌舞厅甚至在村里。可不能小看那些歌舞厅，它们每天都有成千上万的消费额，在那个年代，还是很吓人的。

如今那个石头建筑里的海味馆已经不在了，公路桥连同水闸被修成很摩登的样子。二十多年前，公路桥两端都是荒野空地，没有什么人家的，如今已经是高楼耸立了。当年在公路桥头住着，偶尔朝下游方向望去，只记得老的洛阳桥是荒废的，似乎还是断的，并无游人。

只听酒店的老板老蔡说过那是一座古桥，有一千多年了。那时候还没有什么旅游开发的概念，我自己当时对文史也未有后来的兴趣，面对一串石板，除了当场的一点感慨，在没有资讯的时代很难有更多的了解了。

我跟国柱说，余光中的老家是这里的吧？他小时候就跟着大人来此游玩，后来还写过关于洛阳桥的诗："江水东流，海波倒灌，多少人走过了洛阳桥。"

"他是我老家那里的，永春县，也属于泉州。"这个地名我没什么印象，国柱说在泉州西北方向的山区，自己长到十岁以后才第一次走出大山，去了趟泉州。大概正是之前山区还不够发达，我们才没有踏足。我很意外，竟然是余光中的小老乡在陪我重游洛阳桥。

理论上说，十几岁的国柱第一次去泉州的时候，必定会经过洛阳桥的。那个时候我在，或者刚离开。有趣的是，我们当时谁都没有想到我们后来都做了摄影师。

一切恍然如梦。

洛阳桥上，我舍不得太快走完。几乎每一步都有仪式感，像在步一座天上的桥。一别二十五年，多少人行过了洛阳桥？我又开始伤感，不知下一次什么时候才能再来。

国柱邀我临走前去永春看看，可以在山上他的家里住。我立即答应了，除了那些被时光封印的，我也期望有新的地方可以去。

我知道这次来肯定寻不到当年那些风月场所的旧迹，其实当初在我心里，那些也不是风月场所，只是把它当成可以弹琴挣钱的地方。

后来挣了点钱，我就只身跑去厦门拜师学琴，随后又去北京上摇滚学校，这些都是我拿音乐当真的明证。没想到的是，这次一到泉州，却看了两座桥。这两座桥都关乎海潮，连通的是古今。当初那个少年的心是多么惴惴不安，在江海里如潮汐般起落浮沉，如今，我青春的潮水已经退去，到了可以回望的年纪，我的人生竟然也可以用时间的姿态抒发感叹了。

还好我没有完全失掉前尘往事中的记忆。这一世，有几段人生可以细数别后的风尘呢？其实我没有多少对未来的希冀，越来越觉得惊喜常常藏于回望。

车行八十公里即到永春，当车在山路上开始盘转的时候我看到路边一个广告牌子上写有“乡愁故里”。“是因为余光中先生的关系吗？”国柱开着车，笑笑点头。“挺好，我喜欢这个名号！”

出门游世，我越来越愿意这样想：那些远在天边的他乡，我曾停留，无论顺逆，也应毫不挟怨。装点过我们的梦境的，也是临时的故乡。我对洛阳桥的怀念，不正是我对一段异乡时光的乡愁吗？吃过那里的饭，读过人家的诗，都心念其好。在我生命里，一切诚是奇缘，都需一一谢过。

已经修葺一新的洛阳桥。桥这边是泉州，那头还是惠安。人似乎也没变，男人们一直在喝茶，女人们一直在烧香。

那些花儿

一

记忆中的闽南，似乎永远是夏天。

阳光下，石头房子边上，穿浅色睡裙的女人缓步走过。这许多年来，每当我想起那时候对闽南的印象，就会浮现这样的场景。

那些睡裙女子，便是外地来的歌手，每晚在歌舞厅唱歌，白天靠近午时起床后出去吃饭、逛街。那会儿似乎刚时兴绸质的睡裙，领口低V，肩口和下摆有荷叶式的边。现在想想，那样隐约透着内衣的睡裙其实应该在私密的空间里穿着，但歌手们却在那时把它们当时装穿出来走动，更像是五颜六色的披风，显露她们是正在休闲的战士。她们晚上是演员，其实白天也是。当年在那边唱歌的歌手，只有女歌手，没有男的。她们身上散发的内地气息在沿海是受宠的，很像在某种条件下吃到反季节水果的原理，那些女孩是反地域花儿，足以让南方人看个稀奇。她们懂得将她们带来的一切特征大而化之，她们的普通话，她们的歌，她们的白皙，她们衣装打扮的流莺之气。

这是她们的时节，花正盛放。在家乡可能无所适从，但一技之长为她们打开了一片希望，她们率先活络了心思，如候鸟般飞往东南。掂着最好的年岁下海的外来妹们,来南方这片“热土”演练她们的青春。在一个乍富且缺少美人的地方，来试试她们还未娴熟的风情、不太敢拿出手的轻浮。生命、爱情都崭新，也都缥缈。大家登上了一艘先发的大船，期望能置换一个未来。

闽南当地的女人，通常黑瘦，她们似乎永远在劳作，干农活，甚至会干抬石头之类的重活。在惠安，就经常可以看到传统的头戴斗笠，脸扎花巾打扮的女人们在路边打石料，抬石头。听人说男人们多负责驾船出海——那是一个死亡率仅次于矿工的职业，故而他们养成了平安归来就狠命花钱享乐的习惯。反正男人们在白天总是不知所踪，但晚上总会神奇地出现在歌厅。他们太喜欢听歌,他们会在那里一掷千金，为他们喜欢的歌手送上花篮。

二

花篮是歌舞厅计算收入的筹码。歌舞厅大小不同，花篮总数不一，几十或上百不等。某歌手唱歌时，客人觉得好，或者歌是客人所点，就会送花篮，由服务员摆上台口舞池。花篮是有价的，五十一只或一百一只，可以循环使用，只要把数目记清即可。歌手轮番唱，通常会有十个二十个花篮，也有极豪气的客人大手一挥，来个“全上”，全歌厅的花篮被推向舞池。歌手和乐队的收入都是从得到的花篮数中分成，每个歌手整晚唱歌挣到了多少花篮，她们一般自己都会记得，但乐队需要记下总数。乐队中总会有一人除了弹琴还悄悄在纸上记下花篮数，由于键盘手和吉他手会比较忙一些，记花篮的工作一般由鼓手或贝斯手干。特别是贝斯手，通常被认为最清闲。那些歌可能他们睡着了都能弹，所以无论如何不耽误记花篮。

说简单点，用当下网络直播打赏的现场版来形容最贴切不过。只不过直播间的音乐是卡拉 OK 的，笑声和掌声是“罐头”的，而当年的南方歌舞厅里一切都是“生鲜”的。

歌手和乐手的工资都是“日结”，即当天晚上收工后按花篮数“出粮”。这种结算方式其实显示了劳资双方的一种不信任关系，主要是劳方不信任老板，毕竟金额不小，存放是要担风险的，似乎也只有结了钱晚上才能睡踏实。老板也必须盯死客人概不赊欠，大家这种依存、咬合的关系其实也存在着不稳定性、流动性风险。刚到福建工作的第一晚，下班后乐队领班把我叫去结账，将近两百的收入，惊得我不知如何是好，问这是一个月的还是一周的，领班说这就是今晚的，以后每天都会有这么多!

当时觉得每天结账的形式太好了，比拿月工资高级，因为担心概不过夜，算是富贵险中求了。当然，多年后才知道，这是最低级的打工，真正狠的是拿年薪的。

那个时候能“吹到海风”或者能有机会“先富起来”，大概需要的就是胆量和运气吧。这个机缘对我来说，纯属意外，理当庆幸了。自己稀里糊涂，也没打算过长大，长大了，没想过致富，钱却已出现在眼前了。

我开始往家里寄钱，三天两头往邮局跑，后来被我妈制止了，她说汇款单隔一两天就来一张，单位里的人都会看到的，太露富了。于是我就把每天结来的现金存放在箱子里，当时流行一种手提的密码箱，大概是从国外谍战电影里兴起的,我也有一只。我那个密码箱用来装钱，零钞也不兑换，除了平时的用度，多数直接存于箱中。数月之后，我回家时带了大半箱金银细软。

那个二十刚出头的我，很急于证明自立能力，去化解家人的担忧和差评，告诉他们我搞音乐显然是可以活得不错的。理当庆幸，起码暂时是衣食无虞了,更觉得自己可以轻松对抗生活,而且还有大把时间。那个时候，信任这个世界，觉得自己可以一直飞行，简直是一切尽在掌握。那些花篮里的花似乎已经飞将出来，铺满一途，找不到任何不开心的理由。当然，后来的人生证明，一个人太早能挣钱甚而藐视钱是没有好结果的。

流浪歌舞团的女演员在拍照时总会不自觉地拗起造型，叉腰、提起裙摆，即使是草台班子也不影响她们演员的身份、吉卜赛人一般的生命底色。她们不知道对面的摄影师曾是她们流浪演艺界的同行，那是他多年不曾提及的秘密。我曾替她们算过，入场率低、演员多、票价低，甚至有不少不买票的乡村小混混，定然导致她们的收入很低。在网络直播、小视频时兴的现今，她们应该真的消失于江湖了吧。

三

与花篮里的假花相比，女孩们就是带着脂粉香气的真花了。

那时候，还全无整容的概念，一切都是自然状态。也没有减肥概念，没有听说谁对瘦发出赞叹。肥瘦自由共处，在携带多少肉这个问题上，丰俭由人。那时的美女是质地美女，如同《喜剧之王》中十八岁的张柏芝，一脸的胶原蛋白。不用化妆，布衣素面也是美的。值得吹嘘的是，我在最好的年岁上见过花满枝丫，在最火热的夏天见过最清凉的她们。特别是在一些大的歌厅，一个开场的大联唱就妹山妹海，大腚排排。不少歌手是从内地的专业团体出来下海的，唱得极好。俯仰皆是的青春从旁在侧，也会让人心荡神驰。

每晚开工前的歌厅也是个好玩的所在。在客人上座前，歌手、乐手陆续来，大家聊天、玩，做些准备工作。这时候歌厅的电视会播放一些闽南语歌的卡拉 OK 光碟，“泳装十二大美女”之类，也在后来流传到内地，成为很多人难以磨灭的记忆。光碟中的歌手也是在舞厅实景中唱歌，像《爱情的骗子我问你》《爱人跟人走》《爱情恰恰》之类。泳装美女分列各处伴舞，她们每人一个小台子，像分立领奖台的运动员。纤腰楚楚各自扭，一直扭，感觉她们一直想放得开，但又一直对抗着生硬。那个时候的开放还不是太嚣张，还有一些笨笨的拙气。

这就是那个年代的气味，现在看来土得很，但在当时就是最前沿的时尚了，随后才被内地风习。曾有惠安歌舞厅的老板告诉我，清晨如果去海边，赶上天气好、顺风的时候可以听见台湾的鸡叫。我不是很相信，什么样的风能飘上一百多公里把对岸的金鸡报晓传送过来？

毕竟是在资讯闭塞的时代，不同水平的东西还需经过路途和时间到达我们的身边。闽南由于地理和语言特点，有了些早期的对接。闽南歌里，奋斗、追女仔、兄弟情是主要内容，印象中几乎没有涉及妻儿的。《爱拼才会赢》里“三分天注定，七分靠打拼”应该是极早的致富励志歌词。《爱情一阵风》却又痴情无奈，愿意接受要见面只能在梦中的现实。我却顶喜欢《浪子的心情》，能在结尾句出现“谁人会了解谁人来安慰，我心内的稀微”，唱出了隐约的叫做情怀的东西。

女歌手们在歌厅散场后也唱歌、跳舞，完全是玩闹状态。与舞台上的逢场作戏相比，就是一派轻松随意。她们会唱自己最喜欢的歌，按自己最随意的方式跳舞。乐队也会陪她们玩，排练一些她们想唱的新歌。就算乐队有人不在，歌手们也会组成一个临时班子，比如由某位歌手念着口诀“动次大次”地打鼓，一顿乱揍，“笑果”十足。每当这个时候，我也会觉得很开心，这与绷着脸数花篮不同，是一个单属于内地人的世界。这时没有什么台柱子和头牌，大伙同乐一堂。

记得有一位叫“小不点”的女歌手，个矮声高，特别爱唱一首儿歌一般的《擦皮鞋》，没有什么难度，纯属搞气氛的歌。“我坐在马路上，马路上，我的生意将开张……在大家都来擦皮鞋，擦皮鞋……”一遍遍反复，越唱越快，能提到极高速。小小身躯里的能量急剧爆发，像甩脱缰绳的小马，停不下来。一时间管急弦繁，台上台下此时众人挥拳跺脚齐唱，共赴险情。真担心一直这么快下去恐怕会有什么事要发生，有什么终极高潮将到来，要爆炸，会喷射，所有人会奋舞而绝。

还记得一个浙江的小歌手，起初我们还挺看不起她那平翘舌不分的普通话的，有天她提出要排练一段越剧，她说会唱《红楼梦》选段的。当听到她柔柔地唱出“天上掉下个林咩咩”时，顿觉好听极了，她那清汤挂面的直发，腿直腰细的外表似乎就是为这个感觉而生的。不同地方的人及文化的汇聚，是那个时候有意思的感受和收获，我到现在还能完整唱出那段宝黛初见时的惊叹。

四

再说起当年那段经历，总是脱不开当时的时空背景。那时的世界还是草莽一片，我也是野马无缰。从不觉得那段时光浅陋，反而觉得那是我青春期的鲜花地段，金粉记忆，因为后来再没有过。后来遇到所谓文化人、斯文人，许多跟我前世江湖遇见的她们都比不了，这就让我更珍视那段时光。那些天涯歌女，她们根本不必明白什么春秋大义，只是出现在身旁，一同生存过，她们是那个时代的星辰，在我心头就像那些歌舞欢场外墙上简单却又用力闪烁过的霓虹。

突然到来，又悄然结束。风风火火，恍恍惚惚，我曾轻身走过，只是当时的局限让人对它的规模和重要性毫无预知。这像极了后来才听说的青春。

张国荣在电影《东邪西毒》里有段独白:当你不可以再拥有的时候，你唯一能做的，是让自己不要忘记。嗯，我没忘记，我还思念。那些如花的女孩，在后来各自回到家乡或奔了天涯，开枝散叶。像一茬茬果子熟，我们已经熟过了。如今都快老了吧。或许她们在某个不经意的时候听到某首歌，也会悄悄想起闽南，想到我。

四川内江曾有个很大的棉纺厂，当年城里的男青年多以能找到这个大厂的女工当媳妇为美事。前几年我曾去拆迁废弃了的厂区转了大半天。许多剩下的遗迹其实并没有什么好拍，但总能引人想象当年鼎盛时期的喧嚣。最后在一个房间里看到窗口前的一桌、一椅，还有一盏小花，布做的，不知道它曾属于哪位女工。在生产、绩效、收入、福利这些事情之外，似乎能让人联想到隐隐约约的爱情。

东北一枝梅

一

“一枝梅”不知道是何时出现在我们歌厅里的。她的真名叫什么，如今我已经忘了，当时大家也只是知道她叫“梅子”“小梅”。她是黑龙江的，大概是乐队领班从路上捡来的，或是从熟悉的场子协调过来的。歌厅的生态是动态的、竞争的，一个场子生意好，会吸引一些好歌手过来,好的乐手的加入时也可能带过来几个歌手。强手如林的时候，唱得不够好的或者新来的就难以生存，逐渐会被挤出另寻别处，生意好的歌厅几乎不会给新手成长机会，而且她们留下来也没有钱挣，自己也会急。一些新组建的团队倒是需要人填充数量，逐步壮大，随后再进入同样的循环。

被捡来的梅子大概就是在这个处境里。

圆脸，虎牙，特别的白，看上去也就刚过了少年期的模样。穿着也朴素，新来的歌手多是如此，倒也跟她的相貌特别协调，只是那种清流感觉未必适合舞台。果不其然，在她到来的当晚我们发现她并不太会唱歌，勉强能唱的也就几首在内地也已经不再流行的老歌，如《小城故事》《一剪梅》之类。这样的歌其实是典型的没有唱功的人的依靠，也是歌厅能接受的底线。如果再没有客人特意捧，想生存下来是很困难的。没有立竿见影的效益，不好的歌手站在台上唱歌的时段其实是浪费掉黄金时间，其他歌手还在排队等着。老板、乐队以及等着赚钱的歌手也不会高兴。

大家应该是觉得她是新来的，长得又好看可爱，于是也舍不得说她，就让她暂时留下来，希望她能慢慢再学些新歌，自食其力。毕竟一个小丫头从那么大老远的地方跑来谋生不容易。乐队选了一些歌给她排练，可惜她仍没有什么长进，晚上轮到她仍没什么歌，还是一剪寒梅反复地唱，别的歌手也常怂恿客人给她上花篮，但毕竟不多。仿佛那首《一剪梅》是为她所写，她倒越来越能唱出了几分孤寒来。后来乐队闲来无事时给她取了个大气的名号，“东北一枝梅”。

可是每到晚上，梅子真的会归为沉静寡言。她也化了妆去歌厅上班，但总感觉她的妆很拙，与她白天的清丽相比，反而老了几岁。但那也是好看的，甚至让人联想到她若真的老上若干岁也会很吸引人。

二

在芸芸众歌手中，一枝梅之所以给我留下好印象，还是因为她的“良家”气。行止利落，明慧标致。近距离看她，胳膊白得透了青筋，还有细细的绒毛。在她身上有一种上一辈人身上才有的生活气，比如节俭。当时街面上已经有时新的小商品以类型学的面貌开始出现，进口牛仔裤、真皮运动鞋，她怎么也不愿买。看别的歌手买了很小的东西，她也会嫌不便宜，说比老家那边贵多了。大家一起进饭馆吃饭，她不愿意多看菜单，而是环顾四周，看看临桌吃的啥，看上去不错就让老板做，并能同时交代分量要减少什么的。没有人觉得她吝啬，就是很会过日子。她吃饭总抢着买单，有一次我看到她的钱包里夹着一张照片，好像是个男孩子的。

如果在内地，她就是位刚长成的邻家妹子，在某商场或纺织厂里上班，是个好女人的雏形。上班、嫁人、生子，原先可设想的生活轨迹被打破了，偏也流落到了南方。这种让人忧心的流落真搞不懂是对还是错。

白天练完琴，我们乐队的人也喜欢去女歌手的宿舍玩，聊天，吃她们的零食和水果。白天在宿舍里，一枝梅是个高兴人。她很爱说话，一口东北腔，几乎每一句都能把人逗乐。那时候，电视上赵本山刚火，大家对东北的认知多源于他的小品。一枝梅就是缩小版的流落南国的赵本山，浑身是戏，我就亲见她有一次关门的时候是用屁股的——侧身进门，摆胯一顶，还有个瞬间的定格。

地域差异在她身上也显现得最大，她看不懂、想不通的问题也最多，每天好奇地问这问那，像个行走的问号。她对南方话一窍不通，也不愿意学，说那是“鸟语”。让她说东北的生活，她就特别来精神，说个不停。记得我们问她冬天夜里出门撒尿是不是真的会冻成棍，把她笑得闭眼耸肩，简直是一副怕疼的样子。

她常会在说话间辅以迅速把鬓角的头发挽向耳后的动作，很是温婉。说到喜欢，会用“稀罕”，讲到令人费解处她有个口头禅：“到哪说理去？”说到不平事，她会很义愤地说：“算个鸡巴毛啊！”总会引得大家哄笑。后来的年月里我常听到东北人说这样的话，想不明白鸡巴毛那么不重要么？它的存在也是有科学道理的吧，怎么就轻贱不抵鸿毛呢？后来才听说东北人骨子里很喜欢消解一切，消解严肃、消解矫情、消解高大上。有一次大家听说她竟然斥巨资买了一支六块钱的牙刷，都笑着问她那牙刷到底好在哪儿，毕竟那时候正常的牙刷怎么也不该超过两块。她支吾说反正在店里看到实在喜欢呗，你们别替我担心，等我饿了就用牙刷捣我的嘴……东北人消解的还包括自己。

一枝梅也常打听别的场子，听到有人说哪里生意好歌手也不多时，她也会两眼放光，表示想冒个险去看看，不行拉倒。熟识之后，大家都舍不得她走，但她没有什么收入也是事实，这很让人矛盾。她在犹豫之间倒也没有走，走有风险，她知道这里人都对她好。一枝梅有个想法，我听到后有些心酸：如果能挣到钱，回去时就在哈尔滨住一宿酒店，溜达一下。去看一眼那个很有名的大教堂，听说那儿有广场和鸽子的。

三

后来没过多长时间，我们乐队因为有事要暂时回去了。辞行时知道一枝梅病了。同宿舍的女孩说她发烧了，正在睡。我们放轻了动静进屋，坐下等她醒来，准备一起商议歌手们的去向。

一枝梅的床在一个窗口边上，她面朝窗户侧躺着。那是逆光里一个完美的剪影。躺下来的她显得比平时高大，腰肢下凹，呈马鞍形。不知道是瘦了还是原先就没有注意过她有如此曲线身材，或者是她也在一天天地长大，愈发出落得像个大女人了。

没多久，一枝梅醒了，她见我们来，迅速地坐起身。头发有些零乱且汗湿，让她更像是流落江湖的一尾游鱼。她从枕边抓起一只白色发箍，整理了几下头发后戴上，显得特别居家。当她知道我们要走了，沉默的同时就开始落泪。大家一边安慰她，一边问她有什么打算。她说可以去投奔她的几个东北老乡，有几个姐们在泉州，那边生意还不错。我们反复表达着没能带她更久、没能多陪她练更多歌的愧歉，她不停地安慰我们，说你们乐队都有上进心，将来能有个不错的发展。还嘱咐路上小心，别舍不得吃喝。

如此，惜别。

回安徽的原因无非是有人单位请假或停薪留职的时间结束了，或谁有家事等等。总之回来日子依旧沉闷，没多久就会又想去南方。想家和想离家，交替反复着，就像冬天里冷得想夏天，夏天里又觉得还是冬天好玩。优胜的一方总是远方和另一个季节，反正近前的无聊生活跟在南方吃喝玩乐的快活日子没法比。

我也时常会想起一枝梅。

四

大约过了半年，我们又去了闽南。一到那儿就开始打听一枝梅的下落，可是一直不明。这难免让人揪心，她年纪小，能力弱，长期在那样的环境下生存肯定不易。况且，我们也总想着她在的日子，总希望曾经开心的日子能够接续。

后来又辗转来到惠安，在一个新场子给歌手排练的时候，我听出其中有个东北口音的，一下子又想起了一枝梅。在中间休息的时候我找到那位高壮的东北女歌手，问她知道一个叫梅子的东北女孩在哪儿不。

“你是问那个东北的虎妞是不是？她当初是我姐带出来的。不过你们见不到她了。”女歌手点了支烟，跷起腿，好像准备讲故事。

“她怎么了？”我和乐队的人都一脸惊骇。

“大概有半年了吧，她去了我们的场子唱歌。她那时候情况可不好，成天闷声不响的，都开始自己用电壶煮方便面吃了。有天晚上她喝多了酒，跟台湾来的客人玩游戏，台湾人跟当地的烂仔吵起来了，当地人要打台湾老板。那丫头看不过去，大喊一声“干你个鸡巴毛”，抄起酒瓶就把对方的脑袋瓜子给开了，还冲过去踹了他的裆。”

“然后呢？”

“然后她就被台湾老板给带着跑了。”

“跑了？去哪了？”

“不跑她就得赔钱加坐牢，她打的可是一个大佬的马仔。真看不出来，那丫头可真烈……”

我和乐队的人都听愣了。之前能感觉到，一枝梅性格里有刚直的一面，没想到能干出这么轰轰烈烈的一票。

“听我姐说她跟那老板去台湾了，那个年轻老板挺喜欢她的，来找过她几次。这下子她不用唱歌了，可以去当老板娘了。她可中了好彩头！”女歌手的语气里有些羡慕的感慨。

“说不定还能活捉费玉清给她唱《一剪梅》呢……”

东北女歌手把手里的烟重重地掐灭了。

在学摄影之初，我肯定为自己能用胶片拍到闪电之类的瞬间而沾沾自喜，那是源于自己的攫取心，只把它们当作客途的景观。瞬间累积多了，忧惧也会增多，看自己的照片时心情会变。那些电光火石的刹那，会成为重压，让人有些喘不过气，再也笑不出来。

惊梦 1994

一

闽南歌厅的歌手是流动的，没有属于歌厅老板的歌手。歌手与乐队之间是半依存关系。由于配合熟悉度的原因，乐队转场时，多数歌手会随之迁移。或者说歌手也有变换场地的需要，她们若能总以新歌手面目出现，才比较好混。如果为了某种眼前利益脱队不走，留下来面对新的团队日子也未必会好过。那样的话会沦为“跑单帮”，那是极个别的，结账、安全等风险都会高。因而，稳定和转战，是一对矛盾。乐队领班在决定了转场之后，通常整体迁徙。

在歌舞厅做，没有签合同的概念。只要生意还行，就可以一直做。不过随着时间的增长，一个团队在一个场子固定太久会让新鲜度减弱，影响生意，于是老板也会想更替。随后老板会开放其他乐队来“试场”，原先的乐队也会去别的舞厅“试场”，在某段时间内完成交接。

也有一种情况是乐队看中了某个生意很好的舞台，前去端掉对方人马的，叫做“打场子”。打场子是一项很浩大的工程，除了本歌厅的歌手参加，往往还要借歌手，也就是到别的歌厅找外援。约定好的日子一到，传呼一打。摩托车群载着装扮好的北方甜妹们呼啸聚于新场。场子如果打下来，生意好的话，当然可以将她们中的一部分留下来。如果留下来的歌手与打场子的时候不一样，货不对版，严格说是有问题的，相当于骗了老板。但是凡事都有点模糊性，老板也不一定能记得特别清楚。

还有一种极端情况，跟下面我要讲的故事有关，就是因为种种原因整个乐队从所在的歌厅“逃跑”。

二

有一次乐队整合了超强阵容打下了晋江的一个超大歌厅，生意也特别好，大家喜笑颜开地准备稳定地干上一段时间。歌厅的硬件设备很好，音响灯光都很顶尖，舞台上的鼓都是进口的。大的场子打下来，也有不少好的歌手汇聚，形成了打下江山一起坐之势。我们乐队也非常珍惜这样的机会，好的设备、器材用起来很舒心，可以集中时间经常排练自己喜欢的音乐；与一众好歌手合作，也对曲目、业务的长进有很大的提升。那时候就有女歌手能完美演绎苏芮的《一样的月光》这样的大歌，能把高音飙出天际线，吉他手若是不苦练那段急速六连音，过门都难以与她匹配，这样的歌手往往来自内地的一些专业团体，比如歌舞团等。有意思的是还有歌手来自剧团，有很好的嗓子和武功底子，唱劲歌时甚至能来个一字马。只不过让乐队头痛的是她唱流行歌曲喜欢拖拍子，还总带点戏腔，改不掉。比如，唱《明明白白我的心》时也会抬头挺胸，在胸前比画兰花指，拂出波浪线来。此人唱歌从来不问调，她什么调都能唱，真假音结合，高音只是她胸腔里暗藏的子弹，随时可以调用发射，穿透敌人的胸膛。

欢乐的日子没过多少天问题就来了，我们发现歌厅结账开始拖沓。不仅不能当天按时结，有时还推成两天三天甚至还有更久之势。据说那个歌厅是几个“道上的”老板共同开的，责任分工很不清楚，老板自己的朋友来消费，欠账也要不上来，或者没有明确的人负责去要。不管怎样，欠歌手、乐队的账是事实了，我们知道这样的地方肯定不能待了。在连续几天结不出工资的情况下，我们不辞而别。

逃跑是有风险的，老板要是知道必定阻挠。因为虽说你有痛恨老板拖账的理，但不提前打招呼走，给歌舞厅造成的麻烦是当晚会很难堪。因此，逃跑计划得秘密进行。先得联系好下家，然后暗地联络歌手，让愿意走的歌手做好准备，等待“越狱”的日子。再找好一辆车准时来，上车后，若无追兵，逃跑才告完成。

我们花了几天时间联系新场子，向熟识的乐队打听，再把以前做过的歌舞厅老板的电话打一遍。甚至要派人出去实地探访，坐长途车出去，晚上干活之前带着消息回来。那次的联系很不容易，因为是逃跑，不可能仍在同城或太近的地方。最后联系上了洛阳桥海味馆的蔡老板，老蔡在电话里说这两天歌舞厅刚好没乐队，欢迎你们赶快来。海味馆歌舞厅是公家的，我们以前待过，跟老蔡相互印象都不错，于是我们决定重回洛阳桥。

收到了明早出发的指令之后，晚上收工后就不能怎么睡觉了，因为得在凌晨三四点钟行动。我到现在还清晰地记得出发时的情形：睡眼惺忪的乐手、歌手们提着行李，悄无声息地从后院鱼贯而出，行李箱也不敢推出什么声音。一辆面包车已经在昏暗的街口等着了，车厢里发出微黄的光。我们用最快的速度上行李、上人，期间还要制止那个司机叽里呱啦地大声说话。

车终于开了。随我们走的歌手比我想象中要多，连“兰花指”也跟着我们上了车。她是之前留在歌厅跑单帮的歌手，这次竟然愿意跟着队伍跑。“兰花指”直接爬上了副驾驶座位，笑盈盈地说：“不好意思，我体积大点儿。”

“主要是胸大吧！”有歌手在后座轻声来了一句。

等车开动了大家才把刚才憋着的笑释放出来。凌晨的车很快就离开晋江，奔泉州方向而去。我也迷迷糊糊地要睡着了。

“兰花指”的胸确实够大，平时见她外出时常斜挎个包，那包的带子便横亘于两豪乳之间，倍显稳定。虽非美女，但有些风韵。风韵这个词，一半以上是为跟犹存搭配准备的。她的性格也显得持重，大概是因为比一般的歌手年龄略大。现在想来，她也就三十多岁，只是那时候一群小年轻眼里，几乎觉得她是老的。也许是唱戏出身，平时也不苟言笑，像个仙儿似的有些端着，有些孤傲。

“你们这是逃跑吧？”那个聒噪的司机龇牙笑着回头问。

“快开你的车吧！”没有人有兴致跟他聊天。

司机的话止住了我的困意，我突然直起身拍醒身旁鼓手阿伟。

“你拿了没有？”我小声问。

“拿了啊，凭什么不拿！”阿伟闭上眼睛继续睡去。

“你胆真大……”

阿伟也没再把眼睁开。

我的问话内容源于前一天晚上。在心照不宣的状态下，大家还得干上最后一晚，只不过没有人再去上心地干活，反正也不会再结账，当晚的演出无非是给老板制造一切正常的假象。我身边的鼓手一晚上干活的时候都不开心，偷偷跟我说，他走的时候得把歌厅鼓上的几片镲拿走。我吃了一惊，说是不是不太好。他阴沉着脸说：“有什么不好的，欠我们那么多钱不给，我凭什么不拿？”那几片镲是最专业的进口名牌货，在当时一片也值两三千。“那是我们的钱，在他的口袋里。”阿伟似乎很坚定，我也没再说什么，我对老板欠薪这个事也是深恶痛绝的。不过我现在已经忘了他到底是怎么在收工后把镲片拿走的，带回宿舍的那个晚上也不是容易平静度过的，怪不得他在车上这么困，估计一夜没敢睡。

不去想它了。毕竟，果断离开不愉快是件愉快的事。

三

再次回到洛阳桥的感觉不错，这个小小天堂很适合我们休整。这里有和气的老板、熟悉的环境，得天独厚的位置、桥头堡式的建筑连同彩色的霓虹灯都让我觉得它独具风味。

生意似乎仍是平平，可能还需要些时日。

大家都有些焦躁，对“兰花指”意见不小，说她太能跟客人拉关系，甚至勾搭来给别的歌手捧场的老板，而且明骚暗撩的，这明摆着是搞坏环境，属于不正当竞争。她们说得有些道理，但反思一下我们一贯的认识也是有问题的。我们总是视老板为另一种生物，内心里更是与那些客人老板敌对。这其实很不好，有心智、成熟大方的歌手愿与客人交朋友，知道用人脉生存，倒也无可厚非，她自己把握分寸就好。

不得不说，“兰花指”是有些成熟女人味的。所有的表情都像练过，有一种舞台感，说话时眼眸子左右转动而头不偏转，总带有一点儿说不清楚的神秘。有一次在楼上看到“兰花指”从街上回来，乐队有人说：“看到没，人家穿着拖鞋走路也可以扭屁股的。”听别的歌手说，她离过婚，有一个小孩在老家，她自己也有什么慢性病，不过不愿意说，只是很想挣钱。

当然不只是“兰花指”想挣钱，大家都想。女歌手们对她刻薄的议论在不断升级着，说离婚的女人胆子大，说不定就是来怒发第二春的；大家晾晒的内裤，就数那戏子的小，而且有越来越小的趋势，也不嫌腚沟子疼！她还有网袜，网眼也越来越大……你说她上辈子会不会是渔民？

这是个远在天边的临时社会，“兰花指”确实是有点犯众怒了。

有一天晚上我竟然发现了“兰花指”的一个秘密。

每当慢歌的时候，舞池的灯光会暗下来，营造的是一种繁星点点、银河暗流的静谧感觉。有一种紫外线般的灯能发出暗光，神秘的紫笼罩歌厅大地。“兰花指”唱罢歌与客人跳舞,我发现在舞池里转动的“兰花指”的脑门上眉尖位置有一块小拇指大的白斑，隐隐约约，不管她在幽暗中转到什么位置,我都可以循着那个白点找到她。我心里知道了，那应该是白癜风的斑，在舞厅紫外光的照射下才看得见。紫灯灭了的时候就完全看不出来，应该是有妆容的遮掩，但在紫外线下无所遁形，像大钞上的水印。

我没有跟别人说起过这事，更没有当面问过她，但心里挺不是滋味的。男人离女人太近了，就会知道一些你未必想知道的另一半世界的缺陷，这一点都不好玩。

四

有天下午，一些人去泉州玩了，我照例在宿舍里练琴。有几个歌手来串门，与乐队其他人聊天。

突然楼梯口有叫嚷声，一群男人的声音，闽南话。我们正奇怪怎么大白天有人来，呼啦一声门开了，歌手“小不点”从外面冲进门来。

“不好了，晋江歌厅老板找来了！”“小不点”甩掉鞋直接跳上一张大床，贴着墙缩起身。

所有人都惊了，面面相觑。

“好多人，好几辆车！”“小不点”的声音在抖。

我的心也一下子提到嗓子眼，把手里的琴扔到一边，霎时间看过的所有关于脱逃的电影都在闪。如果现在下楼肯定会被堵住，这房子四壁都是石头做的，像个碉堡，这下子插翅难飞了。

乐队的领班吉他手老刘临危不乱，他摆摆手示意大家不要慌，不要叫，先把门闩死。

“等一下发生任何情况都不开门，别出声，关掉灯。”

屋里暗了下来。

“谁有老蔡家里电话？”老刘立即问。

没人有，他傍晚才会来。问题是，我们也没有电话，出不去，是打不成电话的。

我们被包围了，虎狼环伺，我们成了待宰的羔羊……从未有过的恐惧揪着我的心脏。

外面的说话声还在，叽里呱啦的听不懂，听上去再不像闽南歌里那般悠扬温暖，而像是日本人前来搜捕。

“晋江老板怎么知道我们在这里的？”我们轻声疑问着，一边恨恨地看着阿伟，怪他捅了大娄子。如果当时只是人离开，我们也不会难以面对的，可是他却拿了人家东西……

“我是估过价的，我又没多拿。我是想着拿到泉州卖掉，分给大家的。”阿伟好像很委屈。

“可能是那个司机告的密，那狗日的肯定是个大嘴巴子，他是晋江的，说不定还认识老板……”大家开始嘀咕着分析。不知道是谁说了一句“听说那几个老板是有枪的”，更让我们栗栗危惧。我的脑子开始嗡嗡作响，怎么办，莫非今天要喋血洛阳桥？丧命也不是没有可能的。

外面的人声时大时小，脚步声好像还经过了我们的门前，好像还在窗户外停驻了一会儿，我差不多呼不给吸了。

我们一直不敢开门，一直不敢出去。不晓得过了多长时间，几乎快到傍晚了，一直到最后有人敲门，再三确认是去泉州玩的几个人回来了，才打开房门。

回来的人进门就惊惶地说：“刚才在楼下遇到晋江的几个老板了，吓得避开了，看见兰花指笑嘻嘻地跟着他们出去了。”也有下午在宿舍的女歌手上来证实，晋江老板是来找“兰花指”玩的，在隔壁宿舍里说笑聊天，然后把她带出去吃饭了……

险情解除！

快被弄虚脱的大家坐着发呆。“一物降一物，原来是前情未了啊！”刚回来的歌手絮叨着。“果然有魅力，下流男人都吃她那套。”“屁股大就是好，一坐定江山。”不忿在升级。

我说：“不要这样说人家了吧，你们是刚才没有被吓过。要不是她跟那些老板关系好，今天的情况不一定是这样的。”

人家老板可能不在乎丢了东西，或者是默认了这种置换扯平，生意不成人情在吧。有人情的就是“兰花指”，说不定就是她顺带着斡旋了这个事，成了咱们这帮怂人的肉盾。

当晚的演出，乐队对“兰花指”之客气近乎谦卑，再没有人讥笑她唱歌京剧腔和拖拍子。键盘手给她伴奏时甚至有摇头晃脑的陶醉状，这让我在夜半犯困的恍惚间，隐约也觉得，所有的戏曲都是国粹。

五

那晚收工后，我爬到海味馆的楼顶，想呼吸一下夜的空气。

月色如昼，远处的古洛阳桥仿佛也能看得见。隐约有些水声，不知道是在涨潮还是退潮。偶尔有汽车从桥头经过，声音由远及近，再及远。一方楼顶，连同我，好像都在这月色下变得轻飘，如孤魂，轻飘到悬浮，无所凭依。

白天的事，虽说有惊无险，但给我的触动还是很大，算是才下眉头，又上了心头。曾经一个年纪稍大的键盘手老师对我们练琴、排练摇滚以及意气用事说过一番话，似是忠告 :“我们不远万里是来讨生活的、混穷的，应该把挣钱摆在第一位。”俗语说，人穷志短，可是人在能挣钱的时候会不会也志短？在没有力量的时候，自己的自尊一文不值。我所为何来？真正的危险是什么？

我想做音乐，没有钱，来南方能挣钱，又好像离音乐还挺远。我想一生做自己喜欢的事情，发现沿路会遇到一些伪装成终点的驿站，让你起了停歇的心。它们看上去是浪花和云海，但或许是漩流、风眼，你又岂敢行乐？看过很多高手弹琴，还是会见贤思齐，那团火在胸中按捺着。之前吉他手老刘介绍我去厦门跟一位很好的贝斯手学琴，我还一直拖着。有时候追逐梦想和消磨梦想是同时进行的，自己挣的那点儿钱，可能刮个风就没了。每个人都有自己的舞步和节奏，有些事，恋不得。这鲜花路段，也似荒原。这洛阳桥头，仿佛正是一个岔路口，我不能在歧路徘徊。小浪花也想澎湃，想让此生不同凡响。

时光有限，必须紧攥。多年以后回看，那是文艺大爆炸的1994年。那会儿，对岸的张菲、费玉清的“龙兄虎弟”已经登台，已经在推出二十多年后仍让我们惊叹的娱乐节目，小哥那时候已经在抖搂他模仿和讲段子的才华。罗大佑那年已经发布《恋曲2000》，电影《肖申克的救赎》《低俗小说》《这个杀手不太冷》《阳光灿烂的日子》已经诞生……只不过那时，我什么都还不知道。

还记得那晚并不温柔的月色，那个楼顶上，我竟第一次站上自我和自我的战争的风口浪尖。喜欢弹琴，想抓紧时间找人去学而已。于是，做了个决定：断尾逃生，去自我生长。几天之后，我终止了挣花篮的日子，告别了乐队，只身去了厦门。怀着心中残存的光和热血，直奔险途了。

总觉得不可在冬天错过中原，今年正月底我又去了河南。那天的日记这样写道：“3 月 14 日上午 10 时驱车奔滑县，先高速，新乡下。一生态园墙内有小马，近看一般，远观有奔腾意，遂拍之。”日记多是在辗转中的车上记于手机的，只是简短的记号。如果再写，那就是记账，每天吃住在哪儿，花销多少，然后又去了哪儿。是不是挺奔腾的呢？

人到中年自然怂

心锚

前两年，有乐队曾出过一个翻唱儿歌的专辑，用歌手自己的话说，做好之后大家觉得太难听，可能小孩子不喜欢，于是一直就没公开。后来一个好朋友五十岁得子，没什么拿得出手的礼物，想来想去就送它吧，一点儿心意。我觉得难听倒不至于，只是厚嗓唱儿歌，像一个大人硬躺在一张童床上，做完一场梦再走，倒也有趣。其中有一首《小螺号》是我上学时特别喜欢唱的歌。“小螺号，嘀嘀地吹，海鸥听了展翅飞……”听歌嘛，搭车怀个旧，我把歌下载到手机里，愿意偶尔听到它。直到前些日子有一天在广州的公园跑步时，我的曲库里又随机放到了这首歌。我在公园里一边跑一边跟着哼唱，“小螺号，嘀嘀地吹，阿爸听了快快回耶……”唱到这句时，我瞬间停住了脚步，低头缓缓蹲了下来。

那时候刚从老家安葬了父亲回来，准备平静一段时间再开始新一段奔忙。一首歌就像一片书签，你从这个位置掀开，这块记忆就展现开来。我早已不是在院子里仰着脖子唱歌等爸爸下课回家开饭的孩童，但心里的那只小螺号一直都在，除非不再吹起它，否则想念总是不可断绝。唱歌的歌手，嗓子里藏着悲，一个总是唱不羁的人，却偏要吟起轻柔细小，把呐喊换作了呢喃。

毫不设防的我，竟被深深击中。

我常去 YouTube 上给儿子找些音乐资料。去年曾冷不丁地发现一个动人的短视频。

一位南非的出租车司机二十多年来一直在找一首中文歌，只要他的车载到中国乘客，就会试探地问询——然后把记忆中的曲调哼一哼，让中国人辨听，以求歌名。

可是，多年来，他苦求不得。所有中国乘客听了他那莫名其妙的哼唱后，给出的答案都是摇头说抱歉。

直到这一天，有两位来自台湾的青年男女搭乘他的车，黑人男子又哼起那首歌，求歌名。女乘客隐约觉得她知道，掏出手机，在网上查找出一首歌的视频，交给司机。

“乌溜溜的黑眼珠和你的笑脸，怎么也难忘记你……”那是罗大佑的《恋曲 1990》！

黑人司机激动炸了！开始跟着哼唱。还把车停到路边，找出连接线把手机接到车载播放器听歌，直至泪目……

黑人司机说出了原因：这是他的妈妈最喜欢的歌。他很小的时候在老家，他的妈妈常带他去一家中国人开的店铺玩，店里经常播放这首歌，并成了他妈妈的最爱，也经常在家中唱给他听。后来，他的妈妈去世了，他长大后也去了南非开出租车。小时候经常听妈妈唱的这首歌成了他思念母亲时的一种寄托。

视频里，黑人司机晃着头跟着音乐含糊唱到末尾“永远无怨的，是我的双眼……”想必他根本不知道这是什么意思的，但我想说，音乐跟他当时的眼神特别配，配得上他这么多年的找寻和想念。

这些歌，是音乐家在时空里用爱设置的链接，是悄悄植下的心锚，也是我们不能抵抗的埋伏。

2015 年，冬天的北京。我跟朋友一早去了十三陵，过了中午才出来。返程时，在公路边进了这家小饭馆找吃的，并拍下了这张照片。那天有炒菜、暖阳，一段过去模样的时光。这张照片在近年的几个展览上用过，年轻的观众并不会留意、驻足，留驻和路过间悄然暴露了年岁。

秦皇岛

2016年12月31号，下午，广州长隆欢乐世界，一场跨年摇滚音乐节在这里举行。

我也不知道有多少年没有去过这样的现场了。是在摩登天空供职的才女木小瓷把我勾去的，否则我已很难自己主动去一个摇滚集会了。木小瓷在现场有视频采访拍摄的任务，蓝头发的她穿得也花俏，流窜于各个舞台之间，有时拍表演有时拍观众，像一只忙碌的火鸡。

木小瓷的打扮一向是不甘寂寞的，总以得体为基准再稍稍释放出一点儿作。有一次见她穿一件红白蓝条衣服，远远看活像一只装了人的编织袋，让我立马联想到春运。这也挺好，悦人悦己，年轻而有趣的灵魂才这么做。她是在这个世界里 blingbling 的人，给观者也提供一个生活尚且有趣的提醒，这样的感觉是珍贵的，就像我常在车站的人潮中见到一个青年背着一把木吉他，特别是那种廉价的、简易布质的，还印着粗劣的 logo 的，我会觉得那就是一个有意思的东西在闪烁。那简直是兵荒马乱中的光芒万丈。

音乐节演出设有几个舞台，坐落在不同方位，它们的开演时间也会相应错开，把互相干扰控制到最小范围。我下午到得比较早，人还不多，不一会儿位于场地中部的一个小舞台率先有了动静。我查看了手机上存的节目单，那是个电子、说唱的演出地，一个嘻哈说唱团体已经开始了表演，一帮年轻人围拢了过去，我也决定走过去看看。

说是走过去，其实还是站在外围，一个远观的地方。人呐，年龄不是最先反映在脸上，而应该是脚上。在什么年龄上往什么地方去，离得多远多近，都会有自然的设定。

台上嘻哈团的表演相当好，我也很意外，后悔没有带儿子来，他喜欢的。我之前一直对说唱没感觉，那些密集的、听不清的词，在速度的托举之下，仍旧是快速的无意义。不过，面前的表演还是很吸引我，或许是因为在现场的关系，强劲的节拍与年轻主唱在台上的蹦跳演出咬合紧密，主唱的风采甚至有甩掉音乐之势。台下的人群聚得更多了，他们举着胳膊，比画着手势随节奏挥舞。那种挥舞可不是电视上那种举着蜡烛的温情摇晃，而是满含劲道的浪潮，整齐如一人。

台下几乎所有人都在跳，好像只有我不好意思迈开腿。那音响好得不行，不动几乎是一种浪费，我对音响、节拍不是不敏感，偶尔看演出时也会心中暗想，我玩摇滚的时候他们大约在幼儿园或小学呢吧。我想动动试试，就在远处。音浪翻滚，我的两腿像灌了铅，被地上的磁铁吸住了一般动弹不得。完了，真老了。轻轻晃晃肩点点头似乎还行，想要再跟上扭动的大军，看来比登天还难。放不开、难为情，可能是与青春期的频率不在一个共振带上了。任由意念飞舞吧，我真不该讥笑木小瓷，我自己就是一只木鸡。

中途还遇到了张晓舟，拉着我客串一个他朋友的纪录片电影，地点就在场内边上的一个两层小楼的顶上。那个纪录片的内容是关于“80年代”的采访，导演让我们坐在楼顶的平台上聊天，漫谈80年代的文化艺术对大家的影响。拍电影果真烦琐，架灯光、找角度……好在当时没有什么演出可看，等着“万能青年旅店”乐队在傍晚开始的表演。这个简称为“万青”的乐队来自石家庄，90年代就开始搞，词曲浑然一体，烟火气、少年气，气势凌人。被乐评人誉为“理想时代最优雅的遗孤”。

先是传来几声轻拨的电吉他响动，声波轻溢。随后，小号声破空而出，熟悉的旋律嘹亮高亢。“雷声忽震三千界”，鼓手似乎要把整场演出的力气都在这第一首歌的前奏中用完，每一个拍点都被炸镲强调，好像要把每个人的天灵盖掀开。楼下所有人都在应声而动，像听到了集结号令，叫喊着朝乐队所在的主舞台跑，要成为金戈铁马的一分子。“万青”的演出开始了！

应该感谢那个小楼顶，虽然不高，却俯视全境。我抓着栏杆，眺望舞台，以及正在奔向那儿的暴土狼烟中的人们。哈哈，是的，他们跑得像去抢盐。我跟张晓舟都激动得面面相觑，同时说出歌名：《秦皇岛》！

站在能分割世界的桥
还是看不清 在那些时刻
遮蔽我们 黑暗的心

究竟是什么

不行，小楼天台太局促，我也得跑下去，跟每一张喜悦的脸一起，在那个开阔场地上通过空气介质亲聆磅礴。间奏再次响起昂扬的小号，人群再度欢呼。有夕阳，那一年最后的万丈金光，没有遮挡，妥妥地洒满现场。

于是他默默追逐着
横渡海峡 年轻的人
看着他们 为了彼岸
骄傲地 骄傲地 灭亡

泥巴草地犹如繁华盛世撕开的口子，歌曲结尾的轰鸣声似一个巨型飞行器要从这里离地而去，以音速不断攀升海拔，散播着一种坚定的嘈杂，直至消失在外太空。平静地吟唱着不安，玩笑般挑弄天大的谜底，让瓦解重聚，让彷徨共舞。至于是不是在现场扭动，我倒觉得那是外在形式了，我已经清楚，最好的共振，是心颤。

听完，心满意足地欣喜，心满意足地绝望。环顾四周，世界跟我成了朋友，宇宙站在我这边。还有情绪在现场蔓延，不是与下一首歌的间隙所能够消弭的。深谢这一天与我并肩的人，我们的精神血统是一样的，我在此完全沉陷。那一个岁末，我没有再为时间感伤。

感谢音乐，真的让我青春过。一个人当真有了摄影的思维、摇滚思维，那岂不是获得了人生里最好的礼物。摇滚对我来说，是破除，也是创造。它给了我思维逻辑、行事方式、自始至终的信心，也是寒冷时的依傍。我庆幸一直没有丢弃它，用它去抵御周遭，凭着暗自持有一种落拓尿性，一股劲儿，虽千万人吾往矣。

是赤诚，让我们铠甲满身。

制服诱惑

一

这不是什么香艳的故事。

有几年，我都会在春节期间去开封，常住在河南大学对面的居家旅馆里。那些旅馆都不大，每家只有几间房，主要面对学生租客，很便宜。我通常穿过小巷子，住在最南端的一家叫做“阳光湖”的旅店。旅店往南就是一大片空地，有一个野湖，叫阳光湖。

开封有个摄影家朋友，叫田野，是位特别和善的老大哥。我在开封期间，他只要不上班就会来找我四处拍照去。

某天早上我们约了在旅店旁边的早点摊上汇合，一起先吃早饭。我先到了早点摊，不一会儿他来了，惊奇地发现他身穿警服！那外套是北方才可以见到的棉的警服大衣。我这才想起，他是位司法警察，工作单位在监狱。他平时极少提起跟工作相关的事，也从未看见他穿警服。他说昨晚是夜班，下了班没回家就跑过来了。于是，我才第一次得见他穿警服的样子。看他魁梧的身体坐在小板凳上吃早饭，喊老板添饼加汤，真有点错愕感——他这衣装一换，很难跟一直熟悉的属于摄影的那个田野重叠起来。

吃罢，我们就从阳光湖开始转悠。湖面不大，结了冰，湖边有些矮短的芦苇也被冻住。我们沿着湖西侧高坡上的小径走下去，刚到湖边就发现一个小奇观：湖的冰面下有一个塑料模特！她面朝上，神态安然，经过冰面的封锁，那个面容反而似乎是活的。早晨的光线透过冰面，那张脸更显凄艳。

“这个好看！”我们一致认为可以拍，于是开干。我们开始找各种角度，调整远近距离、各种光线方向搭配，一通忙。

似乎已经很尽兴了。我俩不知道是谁提议“要不咱们把冰敲开看看……”也好，我们开始找木棍。我还提醒“要想好，冰砸开了，可就恢复不了哦”。不管了，反正拍得差不多了。我们开始敲打冰面。冰开之后，模特的脸更清晰了，似乎也可以拍。只不过周边的碎冰块显得太假……犹豫间发现模特开始往水下沉，我们又慌忙拿棍子去勾……

“岸上头那条街在拆迁，平时都是搭棚子卖服装的，应该是他们把坏掉的模特顺坡扔下来。”田野继续拍着说。这时他已经完全恢复了作为一个摄影师的投入和兴奋状态。

我下意识地回头往岸上看，可了不得了：湖岸的坡顶上站满了人！围拢的脸朝向我们，在不平坦的坡顶错落分布，还有层叠之势。

“这是咋回事？”田野掂着相机，还在疑惑。

“还能咋？他们在看刑警办案！”我一下子明白了。

我们回转头，尴尬地低下头笑。警服、野湖、肢体、相机、破冰、捞……群众围观得有理，我们已经成了一部悬疑电影的一部分。看来有制服参与的行为就是重要行动了，它对群众的诱导性太强了。现在的首要任务是，收拾起相机往另一方向离开。还不能太慌张，步态要稳，不能笑。

出来拍照那么多年，多少隐蔽技巧和快手经验值得我得意。没料到，那天在野外却招致大规模群众围观，光天化日之下把之前所有的偷偷摸摸都做了一次性、惩罚性的偿还。

二

男孩子自小多对军装、警服感兴趣。我的整个小学中学期间，绿军褂几乎伴随全程。后来又流行警服，当然普遍是赝品，见有门路的人穿着“正宗”警服会羡慕到绝望。那时候有些私家车主会把一件警服披在靠背上，或把警帽放在车后窗内，以此暧昧地暗示交警手下留情不要杀熟。后来随着管理的规范，渐渐消失。近年我走过不少乡间，还会发现一些貌似混得好的人会穿个金属纽扣的制服外套，“疑似警服”。虽然不带肩章不带豆豆，但基本盘还是摆在那儿的。披这样的“皮”者当然是暗示自己的能耐，是归“那边”管，或“那边”有人，在四乡八里模糊身份界限，诱导乡亲们残留的敬畏。

在各地拍照游走，偶尔会遇到常常戴个大檐帽的拾荒的精神病人，这是为什么呢？不是他们捡不到更舒适的衣服，而应该是他们残存的意识里还知道此物神气以及狠。

在我当记者的那些年，关于制服与身份的事更多，这实在与日常采访紧密相关。突发事件的采访，到现场之后，跟地方保安、警察或者交警会互不情愿地相见，人与人之间存在一种心照不宣的对抗。因而，生态关系决定了文字记者、摄影记者想了解情况和拍到现场，需要迂回、周旋，并在这个生涯中锻炼出神通。

莫以为记者不穿制服很容易隐蔽，其实还是会被一些民间高人一眼看出是记者，相信有经验的警察更能看得出来。穿着属于办公室的T恤，戴个眼镜，明显是百无一用的书生相，更不用说你还背着一个摄影包眼珠乱转了。有一年夏天我带着一个实习生去某个城中村采访，出事的街道被拦了警戒线，线内有警察、保安守着；线外全是看热闹的村民、打工仔。由于天气极热，看客们几乎全是光膀子并立，形成一个群体，贴着警戒线翘首以待热闹的高潮。我和实习生也安插在靠前排的群众中苦等。过了一会儿那个胖胖的实习生男孩挤到我跟前说："老师，咱们是不是也把上衣脱了吧，不然杵在他们中间太有压力……"我想想说："还是不行，咱俩都戴眼镜，脱了也比他们白，更显眼！"后来一直到天色变暗后我们的压力才减轻。那天，我头一次恨自己白。做群众也是有条件的，不穿，竟然也是一种装扮制式。

曾经有个刑警转行来到报社当记者，这个"流向"本身就挺神奇。报社领导也知人善任，分配他专事突发新闻。跟他搭档很有趣，一起出去采访时经常问他是不是来报社做卧底。他对警方办案流程的各环节很熟悉，比普通的文字记者更知道要点，这让我们的采访总能如鱼得水。某次，一个民宅遭遇火灾，据悉有多人伤亡。他带着摄影记者前往采访，大火扑灭后他带着摄影记者混进室内去拍。过了一会儿摄影记者被发现、遭盘问，他也走过来，装做跟搭档根本不认识，呵斥搭档，带头把他往外赶。这会儿摄影记者其实已经拍到了现场，出来无妨，他却留下来继续了解情况。他回来时告诉我们："知道我凭什么能留下来吗？我的这条裤子跟他们是一样的，你们不在意，但是他们认识。"原来，他那天穿的那条蓝黑色裤子，是条警裤。他了然的是，一个事故现场，往往有多个部门在那工作：分局、派出所、消防、居委、街道、保险公司等等，这就是说他们之间未必认识。当然奔赴现场的还有记者，揣着新闻理想，或许还得有一条能带你挤进模糊地带的"会说话"的裤子。

三

没隔多久，另一件神奇的事发生在他的实习生身上，一个其貌不扬的男生，平时少言寡语，却深得老师真传，活学活用了一把。

忘了是哪一年，广州江南西路发生居民楼塌陷事故，这是一个持续了很久的大新闻。事发之后，很大一片区域被围蔽起来，以策安全。围栏里多部门联合现场办公，各种制服、各色安全头盔的人忙碌不已。

各报摄影记者占领周边楼房的制高点，每天拍到救援、处置的进展倒不是难事。文字记者就要麻烦很多,除了在外围采访居民安置情况，想在现场之内获料就非易事。

使情况发生逆转的正是那位其貌不扬的实习生，他每天傍晚都带着他了解的“干货”回来，搭配上我们的现场图片完美见报。后来我们从蹲守的制高点下来遇到他，问他是怎么能采访到内部情况的。他扬起那其貌不扬的脸说：“我就在工地边上捡了个安全头盔，戴上跟着别人就进去了呀。”

回到报社,我迫不及待地在电脑上翻看在高处拍的现场照片。果然，把那些戴头盔的人聚拢在一起研究图纸的照片放大了看，中间就会有他。背在身后的手里，还煞有介事地攥着一个纸卷。

简直是现实版的《无间道》！

我又好奇地问他:“整天待在那个院里不出来，咋解决吃饭问题的呢？”

他的回答更轻松了：“到时间就有送盒饭进去，我就跟着头盔颜色一样的人去领盒饭吃！”

……

前段时间，我认识一个在单位工作了二十年后正打算改行的朋友。我问他：“怎么没见你穿过制服？你们的制服挺神气的呀！”他这样回答:“实在是干够了。我在单位也穿便服,你知道吗,我在单位穿的便服，我都不愿带回家……”

之前说了那些曾经诱惑的、暗示的、伪装的故事，到此，我在他的眼神里，看到了尽头。

创建之初的重庆洋人街，有意思的事物特别多，极尽重庆人的奇思妙想。这个建成了十几年的游乐场最近盛传要拆迁，我真是不舍这个几乎贯穿我摄影历程的地方，它给过我最初的奇幻与诱惑。

我用记者证轻抽你的脸

一

去年我的一位外地摄影师朋友的残疾人证弄丢了，可把他郁闷得不轻。

其人并无残疾，不知道他什么时候用的什么关系给自己弄了个绿色的小本，为的是进一些景区可以免门票，节省拍照成本。

到处建景区，到处被围起来卖票，要价狠毒。没有故宫的命，却售着故宫价格的票。不老老实实交点钱，好像得与祖宗那点文化永远处于隔离开来的状态。摄影人有个劝勉自己动手的口头禅，叫“来都来了”，于是硬着头皮买票，一探究竟。

他把那个本子弄得旧旧的，显得自己是个由来已久的残疾人。通常我们一起到了某个景区检票口之前他就把证件交给我，让我替他出示，然后回头指指他。他要佯装跟这个世界没法交流的样子，那个戏精会一秒进入一种残障模式，有时装聋作哑，有时一瘸一拐。

证件是说明人的状况的，而在这里，人却在符合证件。

检票的工作人员看到残疾人证通常直接放行，顶多打开来对一下照片。如此这般，屡试不爽。苦的是我，我得憋住笑，扮演监护人，引领着他。有时候他演得来劲了，还身体歪斜，我得用一侧肩膀架着他通过那段栏杆，又不能揭穿。等过了检票口一段路或拐了弯之后再推开他，实在恨人。

搞笑的还在后头。

常有一些假大空的烂景点，让大家很是败兴，这样的情况是很多的，过度开发、不伦不类、虚假广告等。遇到这样的情况，大家在出来时再经过检票口的时候，这哥们便趾高气扬地走在前头，东张西望，嘴巴里大声数落着“什么破景区，太差了，什么玩意儿啊……”故意让检票员和门口的游客听见。眼睁睁看着生意没成仁义也不在，检票员瞠目结舌也没有办法。景区做得差，他们自己心里应该也是有数的吧，偏偏遇到了狠角色，全身而退了。

去景区，管用的证件首推残疾人证，还有军人证、记者证、摄影家协会会员、老人证等，我们讨论过是不是有什么集大成的身份，统摄所有证件？思来想去，还真有——《解放军画报》的老年伤残摄影记者。那样的话，他的任何一个身份的证件都好使。摄影师们就是这样在路上放飞着想象，研究着身份，大家也在各显神通地办着各种证件，应对那些让人又爱又恨的景区。

前年从青海入四川，跨省地界有个郎木寺，售票处的门口高悬一块木板，上书“一切证件无效”，倍显硬气。估计是被带有各种证件的驴友们折磨怕了，索性在这事上一刀斩断了尘缘。

也好，随着信息化的发展，人们有的是办法让信息对等。如果收费与内容对等，有其他形式收费的就不再卖票，少设定那些莫名其妙的身份之限，让普通人觉得受了歧视，那大家也就不用再互相诳骗，一起回归真实与正常。

二

于我个人而言，平生获得最重要的证件当数记者证。

刚当上记者的时候，记者证揣在衣兜里，归属感满满，心理优势强劲。下班走在广州大道的人行天桥上，望着路上的车流人潮，时常会暗暗地想笑出来。好像自己兜里揣着一把枪，我不告诉他们，他们都不知道这深藏的强大。还曾在当年流行的论坛上注册过一个网名叫“我用记者证轻抽你的脸”，意思是朴素的内里有实力后盾，从今往后惩恶扬善，操之在我，得有多嘚瑟才会如此嘚瑟。

那时候工作是卖力的，心系报纸，常年不休。就算某天在外采访没回报社，也会在路边买上好几份报纸，目的是与同行比较稿件和图片。那时候也是南方的报业发展如火如荼的时期，大家都还有些理想。收入也高，现在回想起来，那算是年少时在闽南之后的第二个人生收入高峰。

十年书报堆里的日子转瞬即逝。在记者证停用的时候，我还真是难受了一阵子的。

在我的前两本书里，有关辞职、抉择的事已说了不少，在此不想赘述。

做摄影记者时，在打扮上，着力让自己不像个记者；辞职后花了好长时间才让自己的照片拍得不像个记者。这句话看上去似乎蛮辩证，其实不是，它的意思是，我在费力地拍着一种我不喜欢的照片，以至于后来费脑筋改变它。从专业的角度上说，我在那种“很摄影记者”的照片中看不到艺术也看不到自己，并且渐渐对那种制式化的作品倒了胃口，慢慢知道它对个人创作萌芽的侵害。在没有作品积累的时候不敢辞职出去闯，就拖着，慢慢走了一条渐行渐远的路。

有一次摄影部专门跑省政府的同事出差了，领导紧急派我替代他去省委采访，拍摄内容是书记会见香港特首。记得我准备齐了器材后还换上了他存放在办公室柜子里的西裤和白衬衫，以特别规范的样子去了省委。提早了不少到了那儿，然后是一段时间的等待。来采访的记者不多，只限几家党媒。接待记者的工作人员很客气，让我们在一个休息大厅等，端茶送水。多年来我一直采访社会新闻，或者是在外跋山涉水自由拍摄，干那样豪华的活还是头一次。顶上的巨型灯具、大厅里的沙发，以及那个华丽得让我特别想坐在上面的花地毯，都让我有一种舒适的感觉。我忽而觉得自己挺像那么回事，甚至觉得可以告诉远方的爸妈。

舒适感只持续了几秒钟，我的感觉就由舒适变为不好，似乎探到了一个暗桩一样的东西，就在那条愉快流淌的河中。对任务性的工作虽未腻烦，但确实与之有了嫌隙。对那个身份，仍有抵赖不了的虚荣，我还在理想与惰性之间摇摆。这一天我恰好被推向了戏剧性场景的路口，闪现的舒慰分明是一种危险。

一念及此，我知道我要辞职了。

又想起自己的闽南时代，想起当年断尾求生的决定。行至分野，我又面临取舍。佛祖不让在同一棵树下睡过三晚，久了就会心生眷恋。很多地方，其实想停留，但偏偏突然想走，大概源于对惯性有天生的敌意。

一只鱼儿，越多动，越容易被卡在渔网上。如果有出口，那就是该脱逃的时候了。

有一句很悲情的话，人到中年自然怂，通常的成长道路是求知、求异、求存、求和。从心为怂，我觉得这个心就是贪恋安逸的下坠的心吧。

庆幸自己还是个能拎清人生段落大意的人，剥离是一种痛，但蜕变就是新希望。喟然自省，既然已经神驰别处，那就再来一次随心而动。重启一次，挺一挺不用什么证件支撑的腰杆，也不用在几开纸上老去。

赵佳月是我在报社的前同事，曾是一位十分优秀的记者。她曾参与汶川地震救灾等重大新闻报道，神勇无比，辞职后与先生在苏州经营一间民宿旅馆，过着自由恬静的小日子。他们经常叫我去苏州玩，我每次经过时他们连店也不顾就陪我出去玩，我也偶尔瞅准合适时机给她留影一张。我知道在她眼里，我是总能把照片拍好的人，这倒很能给我自信。这张照片是今年春天在绍兴拍的，我觉得她像一位女将军，打完了所有的仗，又依依东望。

卖报歌

以前刚到报社时，单位举办过几次编辑、记者齐上街头的卖报活动。大家在早上纷纷走上街，在各个公交站台、交通路口现场卖报，与市民交流，很是热闹。那时候我刚入职不久，热情似火，每次都是卖报最多的员工之一。我们自己的报纸还给我写了段通讯特写，说一个摇滚青年成长为卖报标兵了。我现在还能想起自己当时在公交站台上挥动着报纸用广东话高叫的情景："一文一份，好多嘢睇！"俨然是一个广东版的卖报小行家。

要不是去年在北京地铁里遇到一位卖报的大叔，我都未必想得起这段往事。

那一次我坐很早的地铁去火车站，基本上每个人都有座位。

"您买报纸吗？您就买一份吧！"一位穿灰衣服的壮壮的大叔吆喝着走过来，声如洪钟。他斜挎着个帆布大包，一手抱着一摞，另一手还拿着一份，是《XX 报》。一路蹒跚地从过道走过去，并不做针对某一个乘客的推销，他只是呼喊。其实没有顾客，抬眼的人大概是因为受到惊吓。

没想到，时隔十来年，报纸的景况竟然变成了这样！

说实话我很反感那卖报大叔的动静，甚至超过对那些地铁里蹩脚弹唱者的反感。在地铁上流动兜售并非不能接受，平静温和，取舍由人就行了，何必放大不堪？卖报大叔的痛声呼号，散播着悲情，也没有实效，还给人一种堕落感：那声音来自喉头，发自舌根，应该充分地利用了胸腔共鸣，声动肺腑，带叹息，像呜咽，随着清早的地铁，重重狠狠地在地下钻行，胁持着从业者最后的尊严，沉入地心。

我几乎怀疑他不是真心在卖报纸，而是有意来唱衰纸媒的高级黑。他的行为本身，在我看来就是有关报纸的最新新闻。想必有报社的编辑记者上班途中遇到过他，甚至多次，心里该多荒凉。我当时想，我要还是个媒体从业者的话，可能会制止大叔那么卖报纸。又一想，我凭什么又用什么话制止他呢？可能最初其声没有这么悲，随着信息科技的发展，渐渐随着销售量下滑致此。报纸被打败已是不争的事实，我看到的是结果而已。

没有人与他同悲。所有人都沉默，大家都低着头，看手机或闭着眼。巨大的人声，像穿林的风没有掠动任何一片叶子……

我们小时候所知道的《卖报歌》，那个坚强又欢快的童声，竟在这个年月成为哀鸿之音。

以前在我们家只要喊吃饭了，儿子就会立即去找报纸铺于桌上。许多报社编辑记者家里吃饭时都有在桌上铺报纸的习惯，家里最不缺的就是报纸，俯仰皆是。吃饭前会抓两张报纸铺开，再摆饭菜，饭后将报纸一卷，免去清理桌面的麻烦。我所在的报社一天的报纸经常有一百多个版，带一份回家看，许久也用不完。辞职之后，便断了来源，偶尔会去买。后来楼下的两个报摊都撤了，就开始用自己收存的发表过自己“重要作品”的报纸铺。起先还有些舍不得，又觉得反正这期报纸我存过多份，铺掉几份也无妨。只不过看着印有自己作品的版面垫在杯盘底下又扔上骨刺，还是多了一份难言的滋味。直到后来铺无可铺，我知道用它做桌垫吃饭的时代远去了。

有前同事问我：“当初你是咋预先知道纸媒会不行，不管我们就自己提前跑掉了？”

这真让我苦笑，一向后知后觉的我竟然做了一次先知。我跟他们说，我离开的时候，报社的日子还舒适。说我不管他们，跟把报纸的没落归咎于留守的他们一样不公平。况且，他们也不知道后来我经历的所有不舒适，也不知道每次我坐车路过前单位，还会回头看，也会偷偷想念。

飞行器

只有我害怕飞行？

1998年夏，我剃了光头，买了张机票，南下广州。那是平生第一次坐飞机，一路摇晃如坐中巴，第一印象就很不好。

以前出差，有同事能从上飞机就开始睡，直睡到落地。我一直不得其解，因为我会全程在不可告人的惊恐中按捺，特别是飞机遇气流颠簸摇晃的时候，更让我危惧万分。

有一次部门出去旅游，一个男同事狡黠地说某某女生特别恐飞，看我怎么逗她。飞行开始了，果不其然地颠簸了，那女生已经双目紧闭，耸着肩膀，两手快要把椅子扶手捏碎了。坐在她旁边的男同事开腔了："咱们今天坐的这飞机，好像就是前段时间刚出过事的机型……""闭嘴！"女生挤出两个字，要腾出胳膊去打他又迅速回去抓椅子把手。"哈哈哈……"众人一阵笑，我也跟着笑。但我这笑是随声附和的笑，近似苦笑。我不敢说出最怕的人其实是我，我哪配笑人家。当时我简直想抓紧那位女生的手，抱作一团也可以，在空中相依为命，就不知道她乐不乐意。

有人一起说说笑笑会好一些，起码有一会儿能分点儿神，反正挨过一秒是一秒。怕的是，有时颠簸似乎没有边际，让人连开口说话的心思都没有。真想去驾驶舱找机长理论：你是怎么开的？

更多的时候是孤独单飞。

一个人，拖着行李走向登机廊桥，姿态自然，内心相反。貌似轻松地环顾四周，其实默默唱着《忐忑》去往廊桥尽头，壮士荆轲就要往那个铁壳里钻了，回头也没有人道别。它往跑道上开时，尚觉像是在坐车。到了跑道，机身摆正，有个小停顿，可以再喘上一口地气。然后异响骤起，滑行了，越来越快。心里直呼：完了完了，没办法了。势在必飞，回不了头。

乱流好像每飞必遇上一两次，像饺子快颠出馅了，座椅扶手就是唯一的指望。平时说的“抓紧时间”，似乎是有道理的，此时手越抓紧，时间确实过得越慢……

最可恨的是发生颠簸时机舱里传来空姐的语音播报。仓促的语调伴随着噪音，像《电锯惊魂》，附赠一段上气不接下气的英语，摆明了告诉中外宾客大家好自为之，各随天命。很想知道空姐自己怕不怕，按理说她们习以为常了，但她们那急促语音就像一条套在乘客脖子上随时可以收紧的缰绳，在人类飞行史上书写着不文明。难得的是有一次发现东方航空的播报较好，意思是说遇气流会有颠簸，但不影响飞行安全，大家系好安全带莫走动。我很喜欢在转折处重重说出的那个“但”，不像是虚假的安慰，简直是寒冬送暖。

常常扭头假装轻松地环顾他人，有的睡觉，有的看电视，我真纳闷，他们是不是都比我会装啊？如果天上真有什么天使飞过，一定会在舷窗口看到我幽怨无助的眼神。

地面越来越近，房子和车都逐渐看清了，那是内心松绑的过程。一直到屁股感受到轮胎砸向地面后的小颠簸，小心脏才算获救，马上就可以体会脚踏实地的欢乐了，怎么还不开门？

走出机舱，又一次恐惧解除。身后的这架飞行器将去哪里就无须再管，刚才的皮紧肉疼也飞速消散。遗忘，真是人间一宝啊。

高铁出现后，我能不坐飞机就不坐。万不得已，也会提前做做心理建设。

“当乘坐的出租车到达机场门口，你开门下来，这一天你最不安全的时段已经过去了。”“想想看，你坐大轮船航行，有浪打过来，船也是要晃动一下的。”

这些都是我听到的有效的安慰。有时候选座时挑选安全舱门口的位置，那里宽敞，心情似乎也好多了，毕竟离门近。起飞前空姐会来例行交代：您的座位靠此门，不要碰，不要让别人动，紧急情况协助我们……我一概点头。我总把这段温柔训话当作是对我的特别心理辅导，瞬间觉得我跟空乘组是一伙的，因为有了这点儿责任，瞬间自己也变废为宝了。

据说某国足球队乘坐的飞机坠毁后，该国的足球事业许多年后才恢复过来。都说飞行事故概率小，但小概率只是统计学意义上的安慰，历史就是小概率事件构成的，谁都不想创造那个历史。听说有的家庭不会几口人一起坐飞机，大单位的领导班子也不会同机出行，这些都是在继续分散那小而又小的概率，把鸡蛋分装到不同的篮子里去。

不安全感源于不信任，不信任源于不了解，不了解是因为信息不对等。空姐们的笑而不语从来就是个谜，我们能获得的关于飞行器的功能、检测的知识少之又少。曾常去网上看各种空难纪录片，想了解些知识，试着在惊恐折磨中脱敏。毕竟那是在安全地带揪着心，好过在揪心的空中假装安全。但那些每每充斥着“解体”“失踪”“罹难”“无一生还”的解说词更让我怒关视频，真是够了。

在报社上班时，有个跑突发新闻很勇猛的山东籍记者哥们，有次他跟我闲聊时一声长叹：“有了女儿之后，我怎么觉得自己现在很怕死？”

因为心有所寄，所以生有可恋。跟恐飞一样，觉得自己还有好多事没有办完，这只是在去办事的路上，还不能接受回不来。一切都还没有安顿的提早离开，会影响别人的人生。这不是自作多情，是确确实实觉得自己还被需要。

小时候，入睡前想到人会死，我会死，想到茫茫宇宙竟然没有边际，在宇宙中我将消失，永不再回来。直想得浑身虚汗，喘着粗气于黑暗中惊坐。荒漠一般的心里，反复念着怎么办？怎么会这样？我想不通。后来觉得相信有来生的人是幸福的，心有所依。据说很多印度人万事不急，消磨掉此生等着转世到更高的层级上去。但我又替他们担心，万一没有来生，那该找谁评理去？

如此看来，只有两种人可以完全不怕，做完了事的人和觉得有无限多时间的人。小时候的怕，是因为什么都还没做，大人的怕是因为事还没做完。没想过会老，人却渐老，渐渐知道“向死而生”是鬼话，是顺水行船而已，我们凡人，还有别的走向吗？

跟幽闭的飞行器暗自较劲，着实可怜。人生本来幽闭，向来是在不安中寻安心。搭乘飞行器或坐地日行八万里，都是旅行。有人说，没能充分活过的人最怕死，我觉得这话大概说对了一半。充分体验是获得，对得起自己，大概能无怨了；但也应该对得起别人，留下些价值和意义，生命才趋于完整，才无悔。

我知道在飞机里暗自惊惶的原因了，那就是没能手握意义的羞愧。过了对死亡好奇、恐惧的阶段，就该用生寻找不死的意义。能给予和留下才是好的人生，撒手人寰时，你才可以走得安然。不然的话，怕与不怕、走与不走又有多大区别呢？意义，终是你留给你舍不得离开的人和世界的遗产，留下我们人之为人的洒脱与高贵。

离开终须面对，每一次离别正是一种练习。为了做更多，我们选择了更快捷的出行方式，于是我们一次次地钻进飞行器。

是那些值得死的事情让我们活下去。

善假于物的人，臂力延展，便会做得多、行得远，但是会让亲人因此更担心。总企盼他们能对我宽心，但我知道双方都不可能停止相互牵挂。这是永远令我担忧的事。

学车记

一

我曾觉得自己是这辈子也不会学开车的人了。十几年前在报社工作时曾与几个同事一起在一个驾校交过钱，后来竟然全部因为工作忙没有去学。后来跑突发新闻时，车祸见得特别多，各种惨况都有，也算落下一个心理阴影，作为一个借口，后来就基本不再想学车的事。

人生总是充满变数的。没想到后来我辞职了，之后就再没遇见过像样的车祸。自由摄影人特别依赖交通工具，不会开车，在我十几年的摄影生涯中可是个很大的问题。对于喜欢在内陆、北方拍照片的人来说，家在广州相当于住在边疆。特别是前些年还没高铁，出门就要先坐上一天一夜的火车，更不要说到地方之后再转汽车、换船等等了。到地方了先出站找住处，放下行李再出门拍照，拍完再到汽车站买票离开……总之效率特别低下。多少次背着大包在广州火车站，手捏着去往重庆的火车票在人潮中被挤得双脚快离地；多少次在荒郊野外因为临时想拍一个东西下了汽车，然后再也等不来下一班车……

让我痛下决心学车的，是前年春天，我跟哥们张亮俩人去甘南，一路来回都是他开，时间紧，道路长，他开呀开呀开，每天得开数小时，而我不会开车，没法替换他休息，只能一路抱歉地坐在副驾驶上，惭愧至极。

有朋友建议我回老家学车，说你可以利用带小孩回家过暑假的时候顺便把车学了。

我觉得这个主意不错，暑期有大段时间没有别的事，在老家陪陪家人、孩子。另外，回老家学车还有一个天然的好处：接受家乡话教车。语言是思维的工具，我以前也说过，我曾发现在外多年，不管在什么方言环境下待多久，数钱的时候用的都是家乡话。这还不够有说服力了吗——它是灵魂深处的声音。将来任何时候开车，面临危急，耳边回响起的是家乡教练的教导和呼号，它不再需要转换成普通话、粤语什么的，瞬间应对处理。

我为自己的这个充满科学性和妙用灵魂的想法骄傲。

二

先在朋友的介绍下，选择了城南的一所驾校报名。教练是我朋友的朋友，三十多岁。驾校不大，教练和老板都是他一个人。我觉得小点儿也挺好，大概人不会多，以前总听学车的朋友说大城市驾校排队等上车机会的种种艰难。

之前我对学车和考试的流程是不清楚的，后来才知道这是“科目二”的训练场。我问教练是不是要先拿下了“科目一”的理论考试才能上车练，教练说不用，科目一只要平时在手机上用答题软件练习就行，而现在可以立即开始上车，开始科目二的操作了。

我有些手足无措，竟然要即刻坐上驾驶室了。教练把我叫到打开着的驾驶室门前，跟我说了前进和倒车挡的位置，以及如何把离合踏板轻轻松开，然后就让我上车试试。两分钟之后，我已经在那块地方“直来直去”了。

这个小小驾校只有两辆车，是皮卡。这种车的真实身份是货车，据说全国绝大部分驾校已经不用它教学了，而我们县还在用。

皮卡车在教练场中是被摘了油门的，靠控制离合在跑，永远是慢慢地在挪。它不新了，也不算旧，一切就像老家县城给我的感觉。

我很快发现，在这个时段学车是失算的——时值暑假，很多大学生回来利用这时间学车，造成扎堆，而且人还有越来越多之势。这是驾校一年中的最旺季，我这个平时不上班的人，偏偏这个时候赶来，真是上了当了。

同期在驾校学车的，有学生，有教师，也有农民、卖卤菜的、卖鱼的、开挖掘机的……这些五花八门的身份、年龄、性别的人物设置，似是一个剧本，即将展开剧情。一群成年人莫名其妙地在这个时间会聚于此，一起向新技能、新生活进取一番。

我竟然是这批学车人中年龄最大的。

慢慢来吧，就是因为难，才来学来练的嘛。这将是个重要的人生经历，我这样告诉自己。

最要命的除了人多，就是这年夏天又特别热。车上没有空调，等待的人就躲在两把饮料摊上用的那种大遮阳伞底下，摇着扇，擦着汗，随着太阳的移动挪动着位置。伞底下的日子也不好过，训练场的水泥地面经过太阳炙烤，温度很高，好几次我从包里拿出清凉油，打开盒盖发现竟然已经融化成液体！年轻的大学生们纷纷在网上买来了防晒装备，护胳臂护脸的。他们似乎能忘掉气温，坐在伞底下专心地打手机里的“王者荣耀”。

人多的时候，一辆车跟前的遮阳伞底下聚拢着十多个人等候。好几十分钟才轮到一次上车机会，几分钟后就下来，再陷入下一轮等待。

次序是严格的，像理发店里那样。插队或加把会被大伙数落，沦为不齿。教练也不许那么做，有几次我甚至发现教练在忙另一组的同时，能用余光知道这一组哪些人练了，哪些人还没上车。事实上被晒得最惨的是教练，他时常要在车身边上跟着车边走边说，没处躲的。虽然我每天步行几公里去驾校，但微信运动上显示教练每天在驾校的行走步数都会超过我。

才学两三天，我就被晒成“伤残”。晚上洗澡的时候发现脸和四肢是黑的，身上是白的，两种颜色的反差在逐天加大。一直留的厚厚的头发也剪短了，这倒让我妈大喜过望。我的发型终于和她喜欢的某位抒情男歌手一致了，这也算我的一项意外之孝了吧。

大概一周后，我顺利通过了科目一考试，那些交规我这些年来作为乘客已经基本都懂。

外地朋友发来信息问：可以飙车了吗？我苦笑，我仍在倒车入库、曲线行驶，在跟大伙一起与“压线”做斗争。“触线即死”的考规让所有人害怕。想赢、怕输在纠缠，大家都不想时间和学费白花。某一科考试没能通过在驾校被称为“被毙”，更可怕的是我发现大家对“被毙”的羞耻感无比强烈。被打回来重练者垂头丧气，他们成了反面典型，除了再忍受一遍惊惧之外，还得加上被同情或耻笑的滋味。

我曾在休息时说出自己的观点，没通过某科回来重练也应该是坦然的，练好技术再上路，不是天经地义的吗？侥幸过关，上路了也是后患无穷。毕竟它是能杀人的工具，再认真对待也不为过。

三

驾校，收人钱财总得替人消难吧？不错，驾校的一切方针就是“应试”。那几项场地技能的相关动作在驾校被“分解”“固化”，即学员应该按地面上一连串固定位置做所有相应动作，地面上的各种标识记号一路引领你下一步怎么做。一句话，你得记住那些“点”，那些“点”有的是画好的漆线，有的是一条水泥缝，有的是摆放在某个地方的一块小砖块……它们都是闯关路上的江湖接应，一地小抄，记错或忽视都会导致“死亡”。

按说我一直是自信的人，觉得自己头脑够用，心细也稳重。可是，就在学车这件事上，我还是发现了年纪在我身上显露的缺陷。简言之就是钝感，记忆差，反应不快。虽然学车之前有朋友鼓励说，你搞摄影的，对器材、机械的东西肯定有把握，有直觉。分析能力够，但在操作上抵不过瞬息万变的情况发生，时常莫名其妙地失手。任何一次小的失误都会被自我放大:完了完了,我就是那个将来考试会被毙的人。

没有人有经验，没有人心态好。大家询问、议论、总结、猜想，特别是年龄稍大的女性学员，她们的恐惧更为明显，絮叨不止。可能是太多年没有考试了,学车这事足以勾出大家早年的考试噩梦。"考砸"、"被毙"的恐惧言论不绝于耳，考试恐怖主义气氛在驾校弥漫，像一种奇怪的空气被每个人吸入和呼出。

偶尔有刚毕业学员来驾校唠嗑，我觉得他们是故意来接受苦海中的羡慕目光的。他们跑到了鄙视链的顶端了，可以来翻身道情，之后开着自己的新车，在我们的悲苦目光中绝尘而去。最难的时候，我跟一个年龄相仿的学员私下都叹息过：俗话说三十不学艺，早知道这样的话，我们未必会在这个年岁来学车……人，是多么容易从众！被自己及外界搞得沮丧，这是我这一年里最失败的事。

驾照，那个小本本，离大家好像还很远，简直不敢去想。拿到它，就要按最"死"的办法完成这个真人闯关游戏，拿到它便是登顶捧杯的王者，拿到它就像领取了全世界。

四

考试日到了。一早到县驾校，先在一个像候车室的大厅坐定，被告知严禁说话。先接受考规宣讲，每一条考规都以“否则成绩作废，必须下次再考”作结，满满的负能量，每一声都像踢我裆上。然后等着叫号，拿着身份证去院里考试。被叫到的考生陆续出去，然后陆续返回，回来太快的即是被毙的，哭丧着脸。打完通关的，进门时步履轻盈，面带笑意，还会环顾四周。

仍在坐等的人们噤若寒蝉，观察着别人的命运。坐在我前面的是一位戴眼镜的老师模样的矮个子男人，在被叫到号时“腾”地站起身，仰起脖子将红牛一饮而尽。

主考官用家乡话叫到了我的名字，我攥着身份证来到院里的发车处。先把身份证交给验证官，刷证录入。验证官是个老头，说话笑盈盈的，很和气。告诉我停在门口的四号车是我的考试车。当我接回身份证转身准备开门上车时，老头微笑着说：“你应该从左边门上车呀……”

我跑到左边，进了驾驶室。吁了一口气，告诉自己要镇定。绑上安全带，出发、左转、开转向灯……我都没忘。空阔的考场，四下无人。倒车入库、侧方位停车，都没出问题，我渐入佳境了。这种一个人安静开车的感觉似乎更好，没有教练、同学在耳边吆喝、絮叨，需要做什么更加清晰明了。接下来的坡道停车起动、曲线行驶、直角转弯我开得更顺畅，语音播报一路没有毙我。

我竟然“一把过”了。

我发信息告诉教练，教练给我回复“666”，夸我是比赛型选手。一个多月的风吹日晒雨淋在我眼前闪回，我心里似有甘泉涌出，没出息地想赶紧找一个没人的地方愉快地哼出声来。

那场考试我们驾校五个人参加，毙了俩。

回观科目二学车经历，我觉得最大的问题是没有人在自由状态下先得到“车感”，从坐进驾驶室开始，从在那来回“拉直线”开始就被告知这与考试有关，不得压线、不得撞墙。好比一个小孩第一次拿起毛笔，要学写字了，你递给他一个描红本让他描，把黑的涂在红框里，黑墨汁要是溢出红边，是要被枪决的，更要命的是你告诉他过些天就会考写字！一切都是在感受缺失与应试教条夹击下煎熬，外加流言恐吓和自信动摇，体验和收获一并糟糕。这应该是许多驾校的流弊，想想看，所有的应试教育莫不如是。

降妖、打怪、升级，过了关的才是王者荣耀。他们想的就是将本求利、一劳永逸，而行稳致远听起来却那么费劲。唉，国人的文化里家文化、面子文化、冲关文化根深叶茂。

五

都说考过了科目二，驾照基本上就拿到手了。是这样吗？

应该说阶段性的胜利，让我的心态转好了不少。科目三，毕竟是在真的路面上开真的小车，这让我期待。

离开了场地训练，学员被移交给科目三的教练。先前有同学强力推荐说一位姓武的教练好，很逗，从不骂人。这倒是跟以往的听闻相反的事，我听说过很多教练脾气很暴躁，很多人学车过程多伴随着教练的吼叫、挖苦甚至羞辱进行。

我没有犹豫，投到了武教头旗下。

训练地点在县城开发新区，那里路新，主要是没什么其他社会车辆。训练和将来的考试都是在同一个折返路段上。主要学习内容分为加减挡操作，以及在过各类路口时的停车转向操作等。

训练的路段按要求一趟跑下来要十五分钟左右，其他时间就是苦逼的等待。也可以上车跟着看，车上没位置了就得在起点的路边等。

科二是一大片，科三是一条线。

科目二中的那些场地中的“点”变成了驾驶室里手、脚的操作，多达几十个。科三教练都会以不屑的口气让学员赶紧忘掉科目二，把死的记忆变成路面上自然的反应。武教练确实幽默，他让我们纠正之前科目二练就的“离合神功”，学会换挡、加油门、变速。他爱说“给它点阳光就灿烂”，但也不能贪图快，因为“跑得快，死得快”，考试也不用怕，反正“伸头一刀，缩头一刀”。

又得面临着“死”，这让我再度陷入沮丧。学个车，接受的不是奔跑的技术和乐趣，却总是有掉入沟渠的心悸？我想改变它。

有一次跟搞摄影的朋友聚会时，有人建议我自己找个车单独练一下，说很有必要。第二天下午，我在朋友的陪同下，借出了一辆手动挡车，朝高铁站方向开去。县城到高铁站有二十公里的路，路修得又宽又好，而路上的车很少。就在那天下午，我把直线行驶、加减挡操作等反反复复练了，更难得的是我知道了驰骋的滋味。

效果确实明显，回来之后教练都感到奇怪，我的系列动作变得流畅、老到了，突然跻身于优生行列。

眼看着就要九月了，有明确的消息说国庆之后，全国的驾驶考规将调整，会变难。这让所有的人都有紧迫感，因为一旦补考，将会落到国庆之后，那将是惨绝人寰的事。学车期间有几次外出，我竟然在不同的地方都做过抱着方向盘考试的梦。这是抵赖不了的恐惧，我真担心它会有后遗症，像我毕业多年后仍在做的高考噩梦。

六

我在老家学车的事，街坊邻居都知道。

我家前面有一对平时在城里跑货运的两口子，人很好，有一天清早我去汽车站就是搭的他俩的顺风车。在货车的车斗里，邻居大姐问我考完了没有，我说没有，回来就要赶紧考掉。她很认真地告诉我，向主祈祷有用。我突然想起来了，她是信基督教的，劝过我妈好几次，我妈没信。

我低头笑着说 :“你看，我也不懂这些……”

“没事，我来替你祷告，肯定管用的！”邻居大姐来了精神，车斗带起来的风吹起她的头发，表情是一种可以救我出苦海的义不容辞，十分坚定。

我笑而无言，应允了她的“夹带”之荐。说真的，快两个月了，我都是在无助中煎熬，除了每天我妈在家帮我做好饭，我真没感受到还有什么是在帮我的。她的主那么灵，用他办大事的余威捎带保佑我一下也好，让我能有神助，让我过了科目三吧。

阿门。

另一个关心我学车的，是街坊苏大妈。

上中学时，每当学校的大卡车在天擦黑时拐进大门，一起玩的小朋友看到就会说“那个独眼龙又回来了”。我问，为什么是独眼龙？开车的苏叔不是眼睛好好的吗？他们说，你看那个破车的灯，总是只有一只亮。后来我才知道那是大家搞错了，卡车从街上往院里拐的时候，会打开转向灯的。

苏叔家在我家附近的一个路口，是我出入大院的必经之处，他的卡车也会停在那个拐弯处。记得那个时候校工苏叔身强体健，满面红光，脸上总挂着笑。他车开得好，还会修车。经常见他满身油污从车底下钻出来，脸上还是带着笑，活得很有希望的样子，那辆隆隆响的卡车似乎永远可以跑下去。可惜的是他后来得癌症去世了，据说最后病重的时候瘦得皮包骨头，相当可怜。

他的老伴，大家都叫她苏大妈的，如今常在家门口坐着。我每次返乡总是在那拐弯处先见到她，特别是去年夏天我学车期间，出入都与她打招呼。苏大妈对我学车的进度特别关心,每次总拦住我问问情况。我也不明白她了解这情况干什么,但她就是那么乐意听,然后随着点头,跟着忧愁。

其实在漫长的练车日子里，每天也没有什么进展好讲，虽然回来时已经很累了，但我总得停下脚步，流着大汗跟她聊上几句，尽管有些话是重复的。有时她和一群老太太围坐一团聊得热火朝天，也能用余光瞥见我回来，也会转头来叫住我。作为曾经的老司机之家属，好像誓要在精神上陪伴我共度此劫，把那个本本一举拿下。

终于有一天，看着她那绝对关切的眼神，我隐隐知道：在她心里，还住着那个满面红光、什么也难不倒的、早出晚归的车神。

那车灯，仿佛还亮着，还会在隆隆声中回来。

七

我的科目三考试同样是“一把过”，紧接着我又把最后一门科目四——安全文明驾驶答题考掉。轻松地走出了考场，压在自己身上一个夏天的巨石推掉了，开心得想告诉街上的每一个人。回家路上，竟然在街边遇到我那信基督的邻居了，知道我刚考试过关，那位大姐欣喜得两眼放光：“啊，感谢神，感谢主……”

感谢家乡，我拿驾照了，我用一夏磨难换了一个礼物。

天气已经挺凉了。微信里教练步数在变少，知道他们的生意在秋天已变得不好。那个总让人忧闷的夏天一点也不值得追味，还是把它放在记忆里，留到将来翻看。

可我好像还是不敢开车。我还得多找机会练车，不知道什么时候才能自由地开车出去拍照。在驾校时，学员们常憧憬着自己将来的宝马香车，讨论着车的品牌、性能、价格、二手市场保值率……恍然像摄影爱好者在讨论相机。车像照相机一样，就是个盒子，它们重要，也不重要，带着它到哪里去才是重点。三十不学艺的话其实也是错的，我就是三十岁之后才学摄影的，我照样了解了照相机，那个盒子的秘密。

年底的某天，从一个相熟歌手的工作室出来，他让我把一辆纪录片导演的车随他们一起开到体育馆去，我死活就没敢。

我说："以我的车技只敢在城乡接合部开一开。"

他说："这里就是城乡接合部啊。"

我什么时候才会开车呀……

2016 年，甘南。我就是在这趟旅程后下定决心回老家学车的。走了那么多地方，当我觉得外面的世界已经不精彩了，却发现自己的家乡还是很无奈。

时间碾人

辞职之后，除了拍照我基本上算是个闲人，其他要紧的事一向不多。年龄大起来之后，自然也不会像小时候那样奔来跑去，但我发现“赶时间”总是横亘心头的一个习惯，挥不掉。有一点儿事就怕误了时间，怕衔接不上，这或许是常年流浪在外给我留下的伤。

一直觉得定闹钟这样的事，对我来说算是很偶尔的。一旦定了的，必定是极重要的事。睡前，不一定是晚上，为避免睡过头，我会在手机上设置时间。由于作息时间自由散漫，手机上曾被我设置闹钟的各个时间点，竟然逐渐密布了，它们之间往往只有十几二十分钟的间隔，连成一个履带似的时间轴，环绕一天。几乎不用再添加，需要的时候直接选择一个即可。

看着密布的时间点的滚轮，还是觉得吓人。这都是些什么事，让我曾认真地为它们一遍遍上满弦？想不起来了。反正那一道道不同流速的时光，皆付了风尘。

我喜欢做事有提前量，不喜欢把时间算成卡得刚好。

比如去机场，提前两小时出门我都不太放心，因为路上差不多一个小时。总要考虑万一堵车，堵车也不算是万一吧。万一机场人多，安检口排起长龙怎么办？我就遇到过队伍排得特别长的，没有个几十分钟都过不了门。

有一次在郑州，在朋友那儿喝茶，等着去火车站。朋友一个劲告诉我距离不远，坐地铁两站就到，时间完全可控。期间我一直催说要出发了，但总被劝说完全不必焦虑。在我的坚持下还是提前了一点出发，结果是这样的：步行去地铁的时间是固定的，地铁上花的时候也没算错，等出了地铁我傻眼了，地铁口在站前广场上，并不在火车站台。我需要穿过广场，排队过安检进站，再乘扶梯到候车室，再跑到检票口，出了检票口再跑下隧道去站台，到了站台再狂奔去找车厢……

等我坐下来喘息的同时，火车开动。肺都要炸裂的感觉不是所有人都能体验到的，我开始恨不让我提前出发的朋友。不知道他们是何居心，也恨自己有那么多出行经验为什么还听信了别人。

安心是充分的预留，不是精妙的算计。我这是焦虑吗？早点到候车室，还可以接热水泡上一杯茶，腾出眼睛看看往来的过客，揪心别人奔跑的人生。

去年我还有过在火车上定闹钟的事。因为从定远去南京，高铁只需要三十一分钟，等我安顿好坐定，已经行至半途了，我生怕打上一个小盹，跑到苏州去了。有时候，不睡觉、不赶车也得上闹钟，通常是什么活动开始前一点，我得打起精神，提前准备一下。

人生大概就是在分段冒险，我们需要在大大小小的段落上跑过时间。越不安的人越想提前跑，越到关键时刻越紧张，真的闹心。赶得上，便上了车去。赶不上，没跑过时间，心情大概相当于被车轮碾上一次。

嗯，时间碾人。闹钟是时间履带上的棱，碾你的时候最疼。好梦惊破，要起身为将来奔走。有朋友认真地问过我，有没有中年危机，我还佯装不以为意。其实，到中年的人有个秘密，就是会在内心里悄悄开启一种“倒计时模式”。看时间的角度由之前的伸着脖子向前跑变为从另一个方向回望，缩着脖子向后退着走。

直到最后一次，大概是不用我们自己上闹钟的，由天定。

滴答，滴答，咔嚓，它手起刀落。

阿里车准备在广州结婚时请我给他们拍过一套纪念照。这是一张因为操作失误而形成的“二次曝光”的照片，胶片上重叠了的时间和光影反而产生了神奇的效果。如今阿里车与先生已经回到重庆几年了，她已经是一对双胞胎男孩的妈妈了。

亲爱的结巴

绵羊鞋油

前年五一，我在广州接到母亲电话，说父亲再次病重，挺重的。我赶紧订了高铁票，匆匆赶回安徽。父亲住了一段时间院之后回到家里，妈说，暂时没问题了，你要想去哪里拍照，可以去了。

我还是犹豫，不放心。父亲住院频率在增加，并且挨得越来越近。我在家拖延了几天，觉得似乎是挺平稳的了，就真的想出门了。

我跟合肥的哥们张亮联系，商量一起去甘南。张亮是比我小一轮的年轻人中做事相当靠谱的人，他很快了解了我家中的情况，跟我定了出行方案——由他开车，从我家出发，往西走，到甘南、青海、川西，然后从重庆、宜昌回来。他还让我放心，路途中跟家里保持联系，一旦家里有什么紧急情况，他就飞车往回赶，或立即把我送到就近的机场。记得他还把他的驾驶证拍给我看，告诉我，自己是一个十几年驾龄的老司机。张亮确实是外出经验丰富的人，拍风光居多，有大量户外工作经验。只是他由于时间关系，大多跑省内，特别是风光好的皖南地区。有此次机缘，他也很想出一趟远门。

我们飞车上路，去往边疆。

第一天跟我们预想的一样,住在南阳。天黑前和第二天清早拍了照，然后直接西去，第二天下午就已经到了西安北郊的唐陵拍了起来。

效率仿佛挺高的，隐约也觉得是不是“太赶了”，但瞬间又放弃了责怪自己，本来时间就是偷来的，挤来的。好在还能“飞行”，好在还能拍照。

一切还行，我们在下午蹿去了两处唐陵，最后还有时间在泾阳县贞陵西边山坡上的石狮子边等傍晚的光线。坐在石头上休息时，发现自己这次竟然穿了双皮鞋出来。张亮说没事，反正我们有车，车能到的地方，皮鞋总是穿得的。

天黑了。我们开车去咸阳住，经验是那里住宿肯定比西安便宜，而且明早向西出城比较快捷。

车被随机开到一条菜市场模样的破旧老街里，我们决定投宿，已经八九点了，又累又饿。我们找到一家后院带停车场的招待所住下后立马下楼找吃的。

楼下就有一间小食店，还亮着灯，门口摆了两三张小桌，是准备入夏的排档模样。纸片竹签汤水满地，没有食客，但晚饭高峰时生意还是不错。

小店主打砂锅。内含粉条、白菜、油豆腐块，并在最上面摆上颜色很艳红的火腿肠装点。特别是那几片色素饱和的火腿肠，在暗黑的街道上尤其突出抢眼。

不管了，我们吃。出门在外，讲究不了许多，只要老板把锅中之物煮熟。

“老板，擦一下鞋，你的皮鞋已经很脏喽……”

声音几乎是从桌子底下传出来的！我把正准备享用色素的嘴从砂锅上方挪开，低头看，有一个人蹲在了我脚边在跟我说话！

一个青年人，不用说是擦皮鞋的，已然准备对我开工。

“你干什么？不要不要！”

“老板，试一下吧，我这个是绵羊油的鞋油，会特别光亮！”青年侧脸对着我，很大的眼珠也在坚定地告诉我，不容错失。

“不要！我不是老板，你不要擦。”我在缩开脚的同时几乎抬起，一场眼看就要开始的生意就此终结。

青年从桌下钻出来。他穿的是一件旧旧的小西服，手里还攥着刷子和鞋油，绵羊鞋油。我记得他起身的动作缓缓的，与此同时，脸上的表情从几秒钟之前的坚定开始下滑，变成了一丝苦笑。

“试一下嘛……”声音弱极。

我没再表态，开始吃东西。青年起身时还拎起了一只拴着带子的小木盒，木然转身离去了。我吃了几口还扭头看了一眼，绵羊油小伙儿正消失于暗黑的街的尽头。

“谁让你不穿运动鞋出来？”张亮笑着。没办法，太匆忙，也太久没出来了。

“怎么这么晚还有人出来擦鞋子？也不说个价钱就要擦，吓我一跳……”我一边继续吃着一边嘟囔着，总要说上几句，给刚才自己似乎过激的反应补充几句说解，搭个缓坡。我不知道通常的鞋油是从哪里提取油脂，用绵羊油制作的鞋油无非更光泽、更呵护鞋子，可我也不需要，我的前方还是尘土。

第二天早上，离开咸阳往天水方向开。

车上，我还在想前一晚的事。可以说过了好久我也没能忘得了，直至今日。特别是那年轻人离去前尴尬的笑，还是牵扯出我的很多心绪。说实话，当晚几乎他一离开我就后悔了：我就成全了这桩生意又能如何呢？擦双鞋子而已，三两块钱了不得了，我却如此决绝地拒人于千里之外。尤其是那么晚，那么满是恳切，那么年轻的努力。

一个青年人，夜晚逡巡于街头，如同我们一样，找着生活，待人热情，还有掌握着“核心竞争力”的自信——有光洁度更高的绵羊鞋油。我却给了他猜疑与冷落，这似有不妥……勤劳何辜？热情何辜？

不是他冒犯我，是我冒犯了一颗年轻的心。

一直相信自己是靠心软走江湖的人，相信蓝马在《万家灯火》里说的，人应该善良，否则就无法成为一个真正的艺术家。比如行脚途中去店家买东西、找饭店，如果店里看到有小孩在写作业或帮工的，我就会毫不犹豫地选择它，甚至不忍还价。下雨天路遇抱小孩的妇女，我会毫不犹豫地把手里的伞给她，自己转身就走……我知道，自己一路上受人帮衬远大于我给别人的。我大概是一段时间以来忙碌焦躁，出门变少，性情变得简单粗暴了。这也是连年狼狈落拓的表现，但不应是拒绝别人的借口。总是口口声声赞颂古道热肠，更感激那些不躲避相机的宽厚表情，却不愿意去做别人行旅途中的灯火，眨一下鼓励和安慰的眼。毁人的时候，也是自毁。自己焦急地要开疆拓土，其实内心里已有诸多失地，需要收复。人大概很难做到“纯净得潜意识里也没有瑕疵”，但不应该因生活的伤害而放弃善良。难得的是历经世事扰攘，仍还能为在意的人们奉上良心。

我的心，长了荒草，好在它还会动，还有难以甩脱的内疚。

这件事，就是对我的诘难。

那晚遇到的小伙子，希望他不要在意，转身之后把这人这事忘掉。愿他的“核心竞争力”能转换为经济增长点。如果有缘再遇见，我一定请他把我那肮脏的鞋子擦得锃光瓦亮，用绵羊鞋油。

青海湖边，因为我们的车在傍晚走错了路，才撞见牧羊人把羊群赶到一个大土坑里的景象。当时天快黑了，光线已不够拍摄，于是在附近找旅馆住下，打算第二天起早再去。那时候已经入冬，夜晚寒风呼号，整个晚上我一直在想那些羊儿是不是真的就在大坑里过夜。第二天刚放亮，我就赶到了现场，它们果然还在那儿，拍照后感慨这些牲灵的不易。不一会儿，出现了伛偻蹒跚的牧羊人。他晚上是睡在哪里的呢?

欢迎诗人来到广州

两三年前的一个晚上，诗人余秀华发微信来，说她正赶来广州。

我回复信息表示欢迎，随即问她是不是来参加什么活动，有无人接，住的地方有没有安排，但之后，并无回音。

我觉得挺奇怪的，也有些担心她行动不方便，会不会有什么困难。我开始查她的微信微博，知道她当天在深圳参加一个诗歌界的颁奖活动，领了奖。估计是活动后来广州了，她给我发信息的时候应该是在动车上。但她这会儿到没到广州呢？原先的那些问题又来了，我仿佛看到一个女诗人飘零在广深车站茫然无助的身影……我继续发信息给她，把我的手机号码发给她，让她有问题赶紧打电话给我。我的妈呀，这风格，跟平日的我真是活生生的两极。

第二天一早，诗人终于打电话来了。说她昨晚顺利到广州，有朋友接，然后去跟老友们喝酒去了。喝多了，回去拿着手机就睡着了。

我说好吧，你告诉我住哪里，我中午去请你吃饭。

靠近中午，我带着妻子一起，去找余秀华。

她住在一个挺豪华的酒店里。

我们在楼下不远的街上选了一个还不错的饭店。我问她喝不喝酒，她说喝一点。我们要了一个小瓶白酒，没喝完。

吃饭时我们聊得挺开心，但她没有提昨天领奖的事。只是说了昨晚跟杨锦麟老师及公司的人一起吃饭，玩得很嗨，是他们约她来广州聚的，住一晚即要回湖北了。看来我昨晚的担心完全是不必的，她来广州的行程看来好得很。说到编辑当初最早看到我转的关于她写诗的帖子当即决定找她出书的事，我们也一致认为这是缘分。她的行止还是不方便，喝酒时会有些泼洒，我觉得她应该是有些酒量的，那种颤动不是因为酒醉。

我还是替她担心。问她下午几点的飞机，她说是六点多的。我说你到武汉时就晚上了，还有车回钟祥吗？她说没有。我说那你就得考虑在武汉住了，住店还是找朋友，有安排吗？她说倒是有个朋友，但好像出门了。那怎么办？她要是不在我就自己找一个旅馆。诗人的语言就是简洁，我都有点急了。我干脆问，谁给你订的这个时候的机票？她嘟囔说，是出版社。后面的行程没考虑啊？他们说，让我向严明老师学习……

诗人低着头，像一个委屈的小学生。

向我学习什么？我是跑江湖的，寻车住店是我的日常强项啊，你呢？

反正他们说你要向严明老师学习……

我的焦躁被一种宏大的夸奖浇灭了。

饭吃完了，酒没喝完。我们沿街走了一会儿，然后送她回酒店。路上，上下马路牙子的时候我招呼她小心，看她颤巍一下，我下意识地伸手去扶她的胳膊，没料被她一肘拐开了。我苦笑了一下，不敢再贴近她走。这个无声之拒让我一下子能感觉出来，她性格里自带一份很坚定的倔。就像平时看她发的帖子，倔且睿智，甚至偶尔嘚瑟。她在自己的世界里是叱咤的，这一点是全然不需要向严老师学习的。

我问她，下午有人送你去机场吗？她说有。我们挤牙膏式的问答还得继续。

我又问：酒店如果中午要求退房，接下来的时间你往哪儿去？坐在大堂等车吗？

她答，不知道。

把她送回酒店，我跑去跟前台商量好，她可以两点钟再退房。交代她告诉司机两点多来接，午休前一定要说好……跟她在房间门口挥手道别的时候，她呆呆地望着我，仿佛这个世界发生什么都不重要了，我觉得此时我该收拾起自己的焦虑症退避了。

第二天下午，我仍是通过翻看微信微博才得知她平安回到村中。跑了一次江湖的诗人心情不错，已经又开始活跃了。一些天后，余秀华根据我的几张摄影作品写了诗，发给我看，我很感动。第一首《我想询问你芳香的来历——致拈花大叔》是这样的：

我想询问你芳香的来历
想问你在一个源头上轻微的颤栗

那时候明月刚刚升起，而蜜蜂绕着
隐秘的路途回去……

其实每个人都在自己的江湖里跑着,各有其难。或许江湖并不险恶，一路风尘，若能抖落焦虑，看尽繁华后应该更能感受云淡风轻。我总自诩去过远方，却没有得到多少诗篇，还被远方教训得一身伤。有些才能是神性的，那就交给神性去引领。“至道无难”，这一点，我真的应该向诗人学习。

投影师

2017 年秋天，马良的书再版发行，约我去武汉做个对谈活动。我和马良也挺久没见，于是欣然前往，从合肥上了高铁前往汉口。

我靠窗户坐，邻座是个瘦瘦的男人，个儿不高，三十多岁的样子。上车后就趴在小桌板上，好像很累。合肥离武汉不远，中间的每站间隔很短。车行了大概一站，感觉邻座拍了我一下胳膊，并未说话，看来他没睡。我放下手里的事扭头望着他，也没说话，意思是“怎么了？”只见他指着车厢天花板示意让我看，笑而不语。我抬头望，光洁的车厢顶面出现了一片投影！艳丽的女郎在欢歌跳舞，周围乘客也好奇观瞧。画面比悬挂的小电视屏幕大多了，挺清晰，只是声音有些刺耳，显得单薄。循声去找音源，原来就在他手中，就是他手握着一个比手机略大一点的黑匣子在放送着片刻惊喜。我笑了笑，他随即将黑匣子放进他腿下方的旅行包里，脸上的笑容也多了一丝只可点到为止的神气。

隔了有那么一两分钟。邻座开始找我说话：“大哥你是做什么的？”

“我什么事也没做。”我不太喜欢那样突然的来自陌生人的问话。

“你还没事做是吧？好，我来让你有事做！”邻座好像陡然来了精神，还将一个手指举起来，在空中点了两下。说罢，他弯腰提起地板上的包，放在小桌上欲打开。

“好了，不用。”我也拍了一下他的胳膊，然后转头看自己的手机。直觉早就告诉我，他是卖那个投影机的。接下来的流程应该是想卖给我或拉我入伙，做他的分销代理，带我走进酷炫的新型电子产品营销世界，跟他一样，成为神气的“投影师”。这让我瞬间想起了小时候看卖艺的拉场子表演，一番卖力之后原来是要销售什么神奇的膏药。光着膀子的他们在表现自己厉害、可信的时候常有一个拍胸的动作：胸和手掌先尽力分开远离，随即腰一回正，与正甩回来的手掌相逢，发出扎扎实实的“啪”一声脆响，万千信义，尽在不言。

显然这位投影师没有咸阳那个要殷勤给我擦皮鞋的小伙子淳朴，他的生意竟然还分了观察、演示、饥渴营销的铺陈套路。江湖仍在，产品和销售市场都在变，这高铁上的片刻江湖只有一点点影子，一闪就走了。我喜欢江湖，但不喜欢江湖气，尽量客气地避免再伤害别人的骄傲。像轻轻撣走一只不期造访的飞虫，大家互不干扰为好。

只不过，“没事做的人”这个认定，倒是让我觉得自己内心骤起些微寒凉，我几乎要反思我的人生了。每次辞职、改行，剥离原身份，似乎都是想看看自己什么都不是会是什么。在世人看来，没有工作单位大概就是待业，什么都没做吧。人们应该颇难理解自由职业者或自由摄影人是个什么意思，我也不爱告诉别人我是摄影师，省得他们叹气说，唉，现在影楼也不好做。

邻座没有再动，又趴在那儿。

“这趟车汉口会停吧？”他又直起身问话。

“对，终点站就是汉口。”我答。

“啊？那就是说可以放心睡觉也不怕了！”他说罢重重伏了下去。

汉口不远了，还有片刻就到。投影师睡着了的样子，像极了一个孩子。

回想起来，我还是很愿意在各种住过的旅馆内拍照片的，将来或许可以成为一个单独的系列。摄影与旅行的目的地不同，可摄影连通感受，它其实是可以随时随地开启的。

亲爱的结巴

在武汉，马良的书友会上，我们聊到一个话题，关于结巴。

我说，以前每次做活动，到了提问环节，常会有这样一个哥们举手——话筒递给他时，他会满脸通红站起来，然后讲话结巴。边上有人开始发出笑声，他会更急促，汗都要冒出来的样子。

当然，每次是不同的人，但好像总会有一个这样的人出现。不过我觉得那样的人很可爱，试问，他为什么会结巴？

马良：“因为他在现场，他感动！他激动！”

我说是的，他当真、在意。故而才会紧张起来，表达上可能有些许虚弱，但他有倾诉的愿望。其实我自己也是一个很害羞的人，早先出席活动，上台前三分钟想逃，上台后三分钟在抖。病理上的口吃，我没有研究，但跟情绪关联的磕巴我们谁都会有，有的人时常会有。我对这样的发言者总是耐心、微笑，我知道他就是一个跟我一样的人，是“亲爱的结巴”。

马良对这个话题很感兴趣，说，“亲爱的结巴”这个词特别美，把少年可爱的羞涩慌乱一下子就表达出来了。

因为情急、情重、情郁于中，表达方式一下子拖不动情感，因而语迟。越敏感的人，越发反应强烈，越慌张，越语焉不详。向这个世界结结巴巴地探问，哪怕卡顿，哪怕此时无声，其实这不是缺陷，反而是个优点。那透着傻气的脸，是最真的面孔。正是由于这一点紧张羞怯、语无伦次，每每让我发现了你。是的，你已说出了我们是同类的暗语。

马良说过一句广为流传的话，“我要在你平庸无奇的回忆里做一个闪闪发光的神经病”。他确实也是天真且高能的人，早已让我引为知己。喷薄、狂热并不可笑；拥塞、艰难也不可怕。偏执会砸烂平庸，天真永放光芒。

不少人在面对艺术的时候，天真得不知道什么是关键，岂不知其实关键是天真。

保持好并用好这份天真就够了，一路磕磕绊绊，也发出火花闪闪。尽可以去做一个说什么都连滚带爬的结巴。

不是倾泻的，都不像是表达，我愿意遇见更多这样的朋友。

亲爱的结巴，你们在哪里？

地铁里的蓝眼镜

我去北京的次数不多，在北京乘地铁的经历不少，选择它无非是因为快和便宜。后来曾跟北漂的朋友孙中丘议起地铁，他就很排斥坐地铁，理由是没法向外看。看不到外头的街景是他难以忍受的。我说，你就多看看人嘛，他说，人有什么好看的，哭丧着脸。

确实。最早我跟朋友聊起这个，我说，“他们为什么一个个看上去不高兴？”朋友告诉我，这叫“戾气”，这个定义精准万分。

我喜欢在地铁里或在人流更密集的中转站看人。扶手电梯上下交错，像罐头厂的传送带，不快乐的脸扶摇直上或纷纷而下。有时候我甚至会在某个拐角站一下，看一会儿再走。那种木然的壮观值得端详。

走进每一班车都一样，每一节车厢也都一样，那些人的表情像被带病毒的什么噬咬过，好像之前遇到的苦脸就是他们，刚刚有过不愉快的合乘经历，他们竟追随而来。

说实话，每次离开北京的心情是快乐的。为赶早上十点多的车，我决定六点半钻进地铁。避开上班高峰和那些苦脸，应该是件美事。

5 号线、7 号线人还不多，转上 4 号线就不一样了，车上一半的人带着行李，几近站满。它通往南站，这条脉流经心脏。

随着上上下下的人流变化，我逐渐挪到了车厢中部。一只手扶着挂在前面的包，另一手抓着吊环扶手。站稳之后，我竟发现身边的地上坐着个人，没错，就是在车厢的地板上，一个年轻人，拱起的两膝间夹着他的行李，低头坐在那些站立的人的空隙里。

我弯腰伸手去拍了一下他的肩，他抬起头，小伙子戴副天蓝色框的眼镜，黑圆的脸上还有些稚气，很厚的嘴唇上铺了点绒毛。黑得可爱的长相配上蓝眼镜，瞬间让我觉得他像黑人运动员或是说唱明星。不过从他的外表连同行李的整体气息看上去，他还是个乡村青年。

我跟他说："小老弟，你怎么坐在这儿啊？"他愣愣地看着我，没说话。

我继续说："你看，你这么坐着其实很不安全，很容易被踩着。站起来吧，站一站就到了。"

"没有座位，我花了六块钱呢！"蓝眼镜终于回答，腮帮子鼓着，眼向旁边一瞥。移向远处的眼神像是表明，他不是在跟我置气。像是在跟我这个亦是返乡的人聊天的同时，故意让旁边这座城里的人听到。

我不知道怎么再去劝他了。

六块钱，车厢里席地而坐的孤愤。不知道他在京城待了多久，隐约能知这城市惹恼他的地方多了去了，让他还有隐隐的不甘。于是他决定离去之时向这个难敌的城市尽其所能地顺手反击，怒坐车厢地上以求平衡，选择危险的方式私了也在所不惧。

不知道他归乡后能不能有个好的前程，但就当天的表现来看，或许仍会吃着些苦头。但他好的一面，是他身上可贵的诚实。他说了自己的吃力，他知道与心中的不公对立，他很坚定。

那张脸是即将成熟的模样，是恩义与仇怨之间的长相。我的心里被一种遗憾包围着，一个少年，曾经想与一座大城周旋，却染恙离开。

北京南站很快就到了，那里熙熙攘攘，开往家乡的火车一路上应该让那团戾气递减着直到退散。愿他不久就重新捡回喜悦，在家乡可亲的脸孔中得到安慰，洗尽灰霾，这对一个年轻人的未来是重要的。其实那副蓝眼镜闪烁过一丝纯真与飞扬，代表了当初他对外面世界纯净的、有情有义的想象，应该很像他出门时家乡的晴好天色。

“孙中丘之墓”

一

孙中丘，不是古人，还活着。

他是我的一位有着“古气”的80后网友，中丘并不是本名，是因老家在河北内丘县的原因给自己取的笔名。

他是在我的第一本书出版后与我认识的，当时他在北京漂，那一年我们在网上交流很多。起初我以为他只是爱好摄影的人，慢慢知道他颇擅书画，还在坚持着写作，当时正要把自己离家前后的经历写成一部自传体小说。他偶尔找个工作上班，有时一段时间不工作，经常泡在图书馆里。那年冬天我到北京参展时他曾来找过我，见了第一次面，还带来一幅他专为我写的卷轴。我现在还能清晰记得在宾馆里他打开那幅字，铿锵地念，两眼都是带着光彩的。

酒阑意浓且停杯，挥袖为君歌衷怀。

寒风入夜暖新梦，小酌得意举大白。
莫道相契图文里，可笑无心花自开。
人生最幸知何事？好对所爱放形骸。
原来至善犹难止，宁缺毋滥滥成缺。
翻看君书三四过，老酒相佐意相谐。
记得当年谁曾曰，读其书想见其人也。
对话未睹已如故，千里万里一念开。
君来北国竟何时？为君相候漫天雪。
漫天雪，漫天雪，洗尽京城尘共霾。
一窗茶烟堪伫立，劝君不要恋 WiFi。
回首红尘酣醉处，总有寒星照灵台。

后来我偶尔到京也都会约他出来同玩，他的住处远在西山，出行交通除了公交之外基本上全是步行。每次见面及分手地点他都会让我就近，我也总担心他的那些晚归，到底是不是能衔接上那些接二连三的交通工具。这种担心，也包括对他时而上班时而不上班的隐忧，在北京那样的地方，一个来自乡村的年轻文人雅士是怎么存活的呢？这真的像赶那些夜班车一般，是悬而又悬的事了。

其实这个问题的答案于我来说，根本不难给出。那就是在生活上压减自身的需求，重精神、轻物质，不仅是方向也是方案。我自己所做的事，也需如此，所以从刚认识开始，大家彼此的心里都知道是同类，只不过这种同类罕有，几近绝迹，才会视为珍贵。

前年，他突然离开了待了几年的北京，到浙江游历，在诸暨、金华、绍兴等地出没，最后选择在绍兴落脚。每次在网上见他贴出寻觅古踪旧迹的照片，很替他高兴，也佩服，他有内心的追寻，并一个个寻到了。我也想问他找了什么工作没有，但始终也没有问出口。也很想去浙江找他玩，无奈家中事多，也一直拖着未能成行。

二

2017 年夏天我在上海喜玛拉雅美术馆办个展，他得知后说要来看。开幕那天，他果然到了，距上一次北京见，大概已有一年多了。他剪了个平头，很精神的样子。背着个书包，很轻便，完全不像出门的人。

他来看我，我是很高兴的。偌大的美术馆里，人头涌动，没有人知道我有一位贵客到来。我算是个很细心的人了，也是焦虑性格的原因吧，我一直追问他是怎么来的，何时回去。答案也未出我的意料：他坐夜里的火车来，清早到的上海，看完展览，仍要坐夜车回去。

这一来一回描述起来是轻松的。常出门的人，知道乘火车的前前后后其实并不轻松。细问得知，考虑到节约开支，他先乘公交到诸暨火车站，夜里一直在火车站待着，等凌晨三点多的车。到上海是清早，没有联系我，就坐地铁到虹口公园鲁迅墓，在那里待了一两个小时。我估计他夜里根本没睡好，问他回去的车是什么时候的，他说是次日凌晨四点多的。

展览开幕在下午，完毕后，我特意向主办方多要了餐券，留他参加庆功宴。这样晚饭我们可以好好吃一顿，并聊天打发时间。吃饭时，我不停提醒他多吃些，以免夜里去坐火车时再饿。我却发现他对桌上的那些虾蟹和桌边的艺术界名流并不感兴趣，只是偶尔与我悄声说话。当时他在诸暨，刚找到一家绍兴的公司让他去面试，他考虑到要来看展，怕会被叫去立即上班，就跟对方推迟了几天见面。

晚宴虽被我们拖得很长，最终还是要告别。离凌晨的发车时间还有好几个小时，他说正好可以走着去，到车站那边再找个地方待一待就刚好。我心里知道，一个能挨得了苦的人，总把一些艰难的连接说成“刚好”，甚至能感觉他是准备享受这上海之夜的穿行了。看着他背着小包的背影离去我又开始忧虑，他刚吃的那点东西定然要被消耗在这夜上海漫长的街道上了。

那晚离别后，上海下了很大的雨。不知道中丘是不是又在哪儿“刚好”躲过？

三

今年正月底，这书实在写不动了。我决定从安徽去绍兴，去看看中丘。看看他的生活状态，就自己书稿的一些问题征询一下他的意见，在我的内心里，还是很信赖他的水平的。以前我路过北京时，都是他来找我，我从未能腾出时间去他的住处。还是很期待这次绍兴之行，可以从更近处了解一个比我更坚定的人，更干净、纯粹的心。

我们在绍兴北站边上的一座山下见的面，一起爬了山，又去了一个水乡古镇。爬山的感受很好，可在水乡镇上与那些乌泱乌泱的人流相遇时我就开始烦躁。中丘听着我的抱怨只是笑，并不发表意见，可能他不像我总惦记着拍照，所以对他影响不大。他说自己也确实喜欢山野之气，到游客太多的地方去简直就是自寻烦恼，与自己憎恶的人一起行乐的感觉糟透了。

中丘说其实他离开北京来绍兴之前是打算去苏州看看的，还做了一些计划，后来大概是因为看地图，忽然间看到了绍兴。他是读鲁迅的，鲁迅是对他思想意识启发最有影响的人之一，于是果断放弃了苏州。来绍兴后，发现小城市的生活气息、人和人之间的相处，要比北京更有人情味。尽管绍兴不算是小城市了，但格调还是不像北上广那样膨胀。何况，他更喜欢这里的人文精神。王羲之、陆游、王阳明、蔡元培，都与鲁迅一样，是吸引他的名字。

一年多来，中丘对绍兴基本了然于胸了，这次他可以做我很好的导游。他总会按方向、距离规划出一个“人文路径”。会经过谁的旧居，会走过什么古桥，中丘心里都很有数，走起来一点也不觉得闷。

中丘说他最喜欢的还是爬山，绍兴的几座山他也几乎登遍。不上班的日子，他常带着馒头，用矿泉水瓶子装一点白酒或黄酒去往山间。游玩之余，在河边、竹林饮食一番，晕乎乎下山，尽兴而返。

四

当然，这次来绍兴最为重要的“景点”是去孙中丘的住处。

他与一对带着小孩的打工夫妻共租一套房子。他住一间主卧室，带个阳台，其他空间零落着居友一家的各种衣物玩具。他的房间内倒也整洁，最主要的物件是一床一桌，桌子就在床边平行摆放，桌下可以抽出摆有手提电脑的抽屉，这样坐在床上便可以打字。桌子的另一边还有一椅子，坐在那儿面对桌子就开阔得多，应该是他练书法和画画的朝向，台面铺的纸上还有一些毛笔字。中丘说他经常晚上十点写字,时值半夜再看会儿书入睡。他说要把自己的东西控制在很少的范围，因为考虑到将来还要走，省掉需要带或寄的麻烦。他说自己并不想把某地固化为理想之地，长久而言，也不会扎根于此。

我问他当初在写的小说写完了没有，他取出杂志那么大一本厚书，那是他写完了并自己印制出来的校样本，书名叫《九结索》。我问他有没有联系出版社，考虑发表，他说没有，也不急。

“如果一直没能发表，就在临死时来个大汇总，书名叫‘孙中丘之墓’。我的一切，都在里面。”

孙中丘就是这样的朋友，是为信仰茹苦者，我在他身上看到一种念力，看似低调保守，实则坚定激进，这让人不觉得他是苦的。扔掉辎重，坐言起行，破帽遮颜过闹市，真的不受俗世惊扰。对喜欢的东西，接触、感受、写作、积累，未尝稍懈。

行之于途而应于心，于是处处有感，渐渐丰富精神世界的探索，无关奢华但一定快意。在这里，所有的曲折都被视作蜿蜒。

入执自苦，念兹在兹，需要意守丹田。一些事看似简单，却需要如一的情感。就像阿长给鲁迅买来了带画儿的“三哼经”，就是让人遇着的“霹雳”。别人不肯做，或不能做的事，中丘在做。他像是一个被世界遗忘了的人，每一个决定，并不是迫不得已做出来的，而是欣然而往，趔趄向前。有时踯躅，有时摔跤，但无数江山，从来没想过不跋涉。

傍晚之前离开中丘的住处，他陪我乘公交车回城里，说要带我爬城里的府山看几座塔和石刻，还有绍兴的夜景，也很值得看。

我们在太阳下山前爬上了城里海拔只有几百米高的府山，去看了山上的文种墓。中丘说他很喜欢访各种墓，与一切景点相比，它们最真实。肚子饿了，我们下山后在路边的嵊州小食店吃了黄焖鸡米饭，很好的味道，一共五十元。然后继续往河边走，看夜景去。路上见到一家酒店门头上的电子显示屏正愉快地走着一行红字：

“热烈欢迎六小龄童的小师弟在此吃饭。”

五

夜晚的河边已十分安静。这就是绍兴的好，生活化，没有多数景区的俗艳。河边的石板路很多地方是没有栏杆的，这让我很纳闷，家门到水面只有几尺距离，有小孩的人家住在这里岂不很危险？ 中丘笑着说："盲人骑瞎马，夜半临深池。"我们最终的结论是，小孩子才不会那么蠢，担忧是后起的。如果是盲人，其实也无须夜半了，大白天也是处处危局。

我又问中丘如果将来离开绍兴还会去哪？他说还没想好。我已经不再像以前那样担忧什么了，因为我知道他的感受力、识别力以及笃定。中丘说自己不是随意浪迹的人，旅行或到什么地方居留，其实逃不出自己的内心。人生总有一段时间可以漂泊，可以流浪，可以挥霍，可以把梦写满天空，也可以让孤独的影子蜷缩在街头，但也终有一天需要寻到皈依之所，那个地方没有故乡与异乡的区别。

他说最近想到《坛经》里的一个故事：惠能逃出神秀一班人的追捕后，与猎人们混在一起。猎人打猎让他守网，他就把猎物都放跑。猎人吃肉，他拿菜叶蘸肉汤……如此十五年。后来忽然觉悟"时当弘法，不可终遁"。而自己，似乎还在跟猎人喝肉汤吧，实际上，这也是不可久遁的。我虽然与那些人在一起，但每日阅读思考，觉得自己是出入圣哲才士之间的，心里并不十分悲凉。

"愿每一个独立而丰富的灵魂，都有处可栖。"凭一口气点一盏灯，什么样的墓也关不住活着的诗篇。

晚上的河边很清静，甚至有些凉。河边的红灯笼和倒影显示着河流的走向和纵深。在一处石阶上，我们坐下来休息。我知道，这将是分手告别的时辰了。中丘的手机发出了即将没电的警告，他还是断然放了一段音乐，用以配合夜色。

那是极好听的戏曲，女声唱腔的，中丘说这是带有浓重昆曲味道的越剧，叫做《惊梦》。夜空之下，河水之上，那声音缥缈得很。

我对神奇景致的好奇，远超美景。九华山的云海已如仙境，小飞机眨着眼睛闯入更令我欣喜，那就一并拍下。一个是美，一个是梦。

靠谱的人终将聚在一起

觉醒的河

2016 年，广州番禺，我与小河第一次见面。他的那次“回响”活动刚做完，我们下午在一个茶室聊天。

我问他的头发是真的白了还是染的？他笑答，是真的白。

说起我刚经过小河的老家邯郸回来不久，聊到那个城市的“邯郸学步”“黄粱一梦”典故，我问小河城北那个黄粱梦区是不是为了促旅游而取的名字，小河说不是，那是一个古早的名字。我感叹那个引人悟道故事：不得志的穷书生卢生住进邯郸旅店，入睡后做了一场享尽一生荣华富贵的好梦，中了进士，娶妻生子，荣华富贵享尽。醒来的时候发现旁边那主人蒸的黄粱饭还没有熟。我说，这个故事如果只是穷人做了一串美梦，就不可能流传至今，毕竟娶媳妇、升官发财的美梦很多人都做。故事的彩蛋在于结尾，一觉醒来，那么长的梦里经历却发生在极短的时间里，人生短促虚幻似梦惊破，使得这一个寻常美梦成为故事，成为典故，成为一个艺术品。

小河说，这醒来的领悟就叫“觉醒”。

言谈间不难发现小河是很有思辨思维的人，既睿智也平和。这让我更深信在一个行业里，思想家才会步向塔尖，这便是对外对内思忖、反观的重要性。我说“应该自觉地保持长期的精神活动”，小河的说法更精炼：“想不能停”。

他曾跟我说，自己小时候并不像其他小孩那样舞枪弄棒，喜欢自个儿跑到树林里听鸟叫，他觉得儿时玩耍的地方至今让他蒙恩，他信奉音乐来自我们的生命。小河说自己长大后背着大哥的吉他去了部队，疯狂练琴。还穿着军装抱着电吉他猛弹重金属，Metallica 乐队做梦也不会想到他们的曲子还有这样的中国画风。据我所知，做乐队时期的小河也是闹腾不羁的人，野气蓬勃，给外界感觉一直是“怪咖”，如今他已经不烟不酒，吃素学佛。他说以前精力好，会乱窜着去东玩西玩。现在爱宅在屋里，安静做自己的东西，让精力在绵长的时间里缓释。

小河的微信名就叫“觉”。

2017 年清明我处理完家事之后，去了趟北京，为自己的未来做些打算。在草场地又遇到小河，一个摄影奖请他来做表演嘉宾，他用阮和效果器一人演完整场，极好听的即兴奏唱。

阳光不燥，微风正好。那天是我生日，我也未与任何人说，当它是个无关紧要的心事。

小河弹起琴来的时候，整个世界似乎都不一样了。他有一套专属的披挂，阮上贴有拾音器、连接效果器的调音器等。腰上还有藤编的挎篓，似乎是装弓箭的，小河用它装一只弓子。小河自创了用弓拉阮的演奏方式，效果奇幻。特别是迈脚去踩地上的效果器时，一手持琴，一手引弓，有一种特别的优雅和豪迈。他的每一曲结束，都有像音乐厅里的演出结束时那样长时间的掌声，这是我看其他演出所不多见的。有人说，好的艺术家就是能把众人带入节日的人。在我心里，那天就像个节日。我在那乐曲中抖擞了精神，知道自己要再次出征了。

演出结束，小河让我有空去他那儿玩。我在离开北京前的一天去遥远的通州找他，在他工作室听新专辑的歌，吃了一顿他做的素食。

记得有一年拍完一场跨年演唱会，我已筋疲力尽。隔了一天去北京见小河，之前有约，他要出唱片，需要拍一些照片配合宣发。我决定给他拍一组黑白胶片照片，这样更符合实体唱片的气质。从南到北，我接连忙活着。网上有朋友说“严老师又回到了音乐圈！”我心里苦笑，当初我没有做到用音乐与世界连接，却一直割舍不下这个圈，何其有幸我可以用这种形式宛在。

小河是温和如水的，他只有一名助手，另约了一位邻居大哥做司机。我到了才知道，小河那几天正在忙于一个演出的排练，每日有半天必须去排练。我立即定了方案：他去排练时，我就让司机带我去选景，助手把需要用到的行头准备好，然后在他不排练的时候直接去拍摄。

在邻近通州的河北地界，有一条冰封的河，岸边是枯黄的芦苇、荒草和树林。能找到这块地方多亏那位司机大哥，他说几年前曾带老狼来拍过 MTV。司机大哥是小河多年的邻居，默默关心、支持小河。路上聊天时他操着一口京腔跟我说：“小河人好，就是人太好了，不会争斗。他是那种你扇他一巴掌他也会笑笑走掉的人。”

由于看好了景，拍摄起来很有效率。主要的困难就是冷，小河拍照的服装比较单薄。拍完一张得赶紧卸下琴、弓，披上棉衣。小河总是说不冷不冷，说应该是我比较冷，叮嘱我戴好手套和帽子。在我换胶卷或做准备的时候，小河会对着冰面发呆、对着枯草出神，我也会留意捕捉他与环境相融的自然状态。华发少年，清凉古道，他愿对一草一叶合手，我也朝一溪一河俯首。

最后一天傍晚，临近收工。在通州的一片拆迁废墟里的空地上，夕阳西沉，一架飞机悠然飞过。背着琴挎着弓的小河蓦然西望，像一位古代的云游艺人结束了又一天的行吟，我也按下了带去北京的最后一格胶卷。小河非常喜欢这张背影的照片，选它作为随后演出海报的主题图片。

彩蛋真的出现在最后。

两个月之后新专辑《回响》推出，他为专辑做的演出活动取名叫“响处有觉地”。小河说：意不在声，所有的内容都与“听”有关，在那儿，有觉醒之地。唱片里有一首《醒世歌》这样唱道：

急急忙忙苦追求
冷冷暖暖度春秋
朝朝暮暮营家计
昧昧昏昏白了头

是是非非何日了

烦烦恼恼几时休

明明白白一条路

万万千千不肯修

小河说："做生命该做的事情，越早越好。"

想到也曾有朋友咨询我，说准备当自由摄影师，难不难？有没有搞头？我说这个身份根本不难实现，你今天下午就可以做到。自由不应是谁迫不得已之选，应该是你内心的抉择，或者说你原本就应该是位自由的摄影师。他想知道来这儿能不能活得更好，我却想跟他说这儿更躲不过苦痛挣扎，得为它死上一次。于是，他就被吓跑了。

求变现的跟求救赎的，其实不会钻到同一个阵营里来。

显然，小河穿过了生活，也穿过了自己，一番奔突浮沉之后回归了原本的自然通透，他重新成了那个在森林里听鸟叫的少年。把曾经在青春期跑得形神分离的自己找到，行走得会更洒脱，也必然更有力量，走得更为久长。形神合一，表里如一，像明澈如水的人，沿着自由与爱，即兴流淌。

人生大抵就是一场行脚的修行，有的人一直惦记还俗，有的人却悄然成了菩萨。

给小河拍照时，我其实是很不宁静的，常会因一些可能稍纵即逝的时机而焦躁呼喊，小河则永远是平静又平静，仿佛一切事都有一种小河式的解决之道。相比之下，似乎我更像一个金刚怒目的摇滚人士。其实我平时不是这样的，我又选了一种劳形劳神的行当，此刻我才明白我的修行之路还有多遥远。

不老的七哥

重庆的七哥本名刘懿，与他认识已经有七年了。

那时候他在跟我重庆的一帮小朋友玩，他比王远凌大上十几岁，却在一起玩胶卷，琢磨着一起开车去什么地方“干一票大的”。因为七哥车开得特别好，人又义气，一帮小兄弟很倚重他。他平时乐乐呵呵的，处理问题却很有心谱。记得第一次我跑去重庆加入西北拍摄之行时，七哥坚持在出发的前一晚把所有人叫到一起开了个小会，交代安全问题、途中注意事项，以及将来可能发生误会的谅解备忘。作为一个跑江湖已经习惯了散漫的人，我还是一下子对这位老大哥刮目相看。

那是一趟成功的旅行，七哥野外生存能力超强，丰富的经验帮助大家一路解决了各种问题。小兄弟们很快达成了“有问题找七哥”的共识，而他仍旧乐乐呵呵，开车时一路哼着轻松的小曲儿。

七哥跟我很投缘，在之后的时间里对我一直很关照，关心我的创作和生活状况，也为我取得的任何小小成绩欣喜。在我的成长经历里，并没有拥有哥哥、姐姐的体验，总是一个人面对一切为难。也由于家庭的处世哲学偏内敛、保守，自小我对交朋友这样的事都谨小慎微。认识七哥、王远凌这些人后，兄弟的体验才开始全面超过朋友、同事、同行这些意涵。

七哥以前比较胖，做酒生意，能吃会玩。在他心里有一张神秘的重庆美食地图，哪家小面好吃、哪家的火锅食材来源好、哪里有风味独特的瓦罐汤……他都了然，每次到重庆，他都带我去找。我惊奇地发现，他对食店的了解和掌握是直达厨房层面的：厨子好，食材好，菜才可能好。厨房里的软硬实力就是好吃与否的关键，这本不是复杂的逻辑，七哥却能把这摸得很清楚，彻底消除了可能等来不好结果的被动。

我把这样的聪明人叫做“重点主义者”，实在靠谱。

所以他才会胖，我每次也是因为去了重庆而体重崩盘。满街麻辣香气的城市，空气里都是荤荤的味道，桌上皆是增肥佳品。吃一口满口鲜香，一次次让人把整个自己彻底交托出去。

“少年行尸，中年走肉”，我不知道说的是不是口腹俗欲，反正那时候是信奉感官能解救灵魂。可是自古多肉空余恨，每次离开了重庆，后悔和想念交织之复杂，至今难解。我隐约感到我在未来会成为七哥那样的胖子，豁达乐观、喝酒吃肉、古道热肠，这不也是很好的结局吗？

每次只要想到重庆，浮现眼前的仍是七哥，他似乎代表了那个城市对我的宽厚。

霍金说：“世界上最让人感动的是遥远的相似性。”我跟几个重庆的好友曾组过一个 QQ 群，名叫“靠谱的人终将聚在一起”，算是精神上的遥遥相惜，是自感成熟稳重的人之间建立的一种默契吧。

我跟七哥的缘分因摄影而起，但后来他玩摄影的时间渐渐少了，我心里颇觉得遗憾。有一两次我再去重庆时发现他处在一种烦闷状态里，慢慢才知道，七哥经历了婚变。

我曾见过七哥蜜月旅行的照片。80 年代末新婚的七哥去成都，看望伯母时借了大伯生前从德国带回的相机，去了峨眉山，在山道上拍着新婚的妻子。后来，相机还给了伯母，新婚的夫妻回了重庆。那时的真诚不容怀疑，也看不到照片里的两人有分开的理由。后来七哥有了自己的相机，一直喜欢拍照。

虽然比肩而行，走着走着，心里的距离还是会被时间拉远，那一定是因为有个最初不易察觉的“夹角”存在。二十多岁从体制内出来，三十来岁创业，五十多岁时还能玩摄影、玩越野……这种顽童般的“没定性”让对方依然看好或慢慢放弃，都是有可能的。七哥说连他妈妈都总是念念不忘他是个没有“单位”的人。在情感上脾气火爆的七哥不常倾诉，习惯默默消释心中的苦累。当年那些山道上开心合照的画面，终成往昔。

重新找到家庭后的七哥决定重新定义生活方式。七哥像变了一个人，在家里潜心钻研酿酒，进入了另一种生命状态。

最近几年去重庆，七哥总让我住在他家，陪他聊天，品尝他做的各式酒。晚上就睡在他家客厅的一张单人床上，伴着身边酒坛散发出的微微酵香入梦。我也很喜欢跟七哥聊天，不管是他对过去的经历还是对生活、时事、未来的看法，我都能听得有味。七哥家四处都挂着温度计、湿度计、定时器——那是我冲洗胶卷和储存胶卷常用到的东西，在七哥那儿则用来做酒。我常发现他凌晨三点蹑手蹑脚起床查看发酵温度，清晨五点起床点火蒸馏。白天开着吉普车到粮食市场挑选糯米，整箱整箱拉回家。常引得邻居大妈好奇打听，七哥总会说我家人多饭量大。初夏，梅雨季节行将结束时，七哥会到高山上收摘杨梅，那是一种树干直径超过一米的杨梅树，由相熟的农民搭着竹梯上树采摘，七哥随即驱车上百公里拉回家立即捣碎，拌曲发酵。我曾向七哥感叹：这么精准的要求，快赶上冲洗胶片的流程要求啦！他说，时间的精度能准确换算成杨梅的鲜度，进而酿成对酒的“诚意度”，从这点上说，咱们干的事有类似的性质。

我很叹服这个词，诚意度。七哥说，人到了五十岁衡量做事成败的标准跟过去就不一样了，不一定再以利润的最大化、规模的最大化、市场的最大化这些市场经济指标作为考量。七哥捏起两个手指搓动，表示这是“前经济时代”的标准，这个标准不是能衡量所有东西的。今后考量的法则是可持续的，有美感、有灵性的，哪怕是小众的。人类文明很晚才明确地以经济效率为标准，而之前的标准是多样化的。钢极好的刀才能磨到吹毛断发，事情不做到极致就没有真正向后延伸的价值。

摄影是一种在极短的时间内与自己死磕的极限运动；酿酒则是在长时间里促成自然生态与自己的精神和解。不管是摄影还是酿酒，在七哥这里都是时间的表达式，表达自己的生之追求，用时间赋予作品价值，也用作品赋予时间价值。不难发现七哥做酒是一个创作过程，还敢于创新。他有一款黄酒为相濡以沫的七嫂而酿，还有一款白酒的灵感来自书法家朋友的墨宝……为了恢复某个宋代工艺，他曾托人从台湾买回旧版《北山酒经》研读，朋友问到他的酒为何有在外面喝不到的感觉，七哥说他只是做了两个交换：用更多的粮食换更少的酒，用更长的时间换更少的酒。既要马儿跑，又要马儿不吃草的好事是不存在的，古书里早把这个讲得很清楚，是后来的人们太聪明，想歪了，走歪了。

跟当年我们在重庆遍寻美食时所信奉的全然不同，七哥现在做的事，是要调过来：灵魂解救感官。

这件事又让我明确了一个认识，那就是每个行业中，只有思想者、哲学家才能浮出来，留下来。如今的七哥已经很注意健康，戒了烟并开始减肥，推掉诸多应酬。以前一起玩越野的朋友曾打电话找他坐坐叙旧，七哥说："不要找我，五年以后我再请你来吧。"酿酒业中常提到的几年窖藏、多少年陈酿，这些数字必定时时提醒着他那些理念之外的巨大成本。生命如涮肉，转瞬就熟，眨眼就老。光阴飞纵，已经到了要准确选择和精确度量的时候了。

如今的七哥在忙碌中又有了轻松的歌声，笑意微微，宛如孩童。我打心底祝福他，经沧桑，永不老。

嘤其鸣矣，求其友声。甚至彼此介绍的朋友，都可以是"免检"的。人生单向，并无回程。青春行过，恰如发酵蒸煮，时间的蜜或岁月的酒，还是该酿出点什么的。当我们再次说起靠谱，不是关于资源整合、利益抱团，不是你的张良计和他的过墙梯，而是拥有相同频率、品质理念、行事逻辑的人们，殊途同归的人生朝向。真正聪明的人会管住自己的聪明，用对自己的聪明；真正靠谱的人不再害怕失去，而是会实现超越。

多读良人，明理开悟，超越靠谱。

就在自己所爱的地方，生根开花。

这世界是反的吗

你管我去哪儿

小心跌倒

邻居家小孩不小心跌倒，恰巧摔掉一颗坏牙，举家欢庆。

真是行得好不如跌得好！

谁都不喜欢跌倒，谁也都有可能跌倒。可我发现国人能在这正常的不堪中糅入爱憎，值得玩味。

老话里形容摔跤摔得比较惨的，要数“狗吃屎”。毫无同情心，还捎带上了对狗的鄙视，通常是针对可恨敌人的描绘，我们保留了幸灾乐祸的权利。

对摔了跤的自己人通常是这么鼓舞的：“在哪里跌倒，就在哪里爬起来。”我一直觉得这是废话，不管好人坏人，跌倒了的，难道会不爬起来吗？莫非恰巧是在什么极好的环境里跌倒了，柔软的草坪、繁花正盛的山坡？除此，多数绊倒人的地面不平整、不干净，甚至有狗屎之类，再消沉的人也不会不愿爬起来吧。再说了，不在跌倒之处爬起来，还能换个地方起身？

这当然是一句鼓励接续的话。其中的门道是，坏人与好人的行动方向不一样，朝坏的方向去，跌倒的姿势就天然地更狼狈。所以，选好方向、做个好人是当务之急。跌倒的地方不可以选，拥有方向和防止跌倒的能力才是正经事。

于是，对坏人或无问西东的自己人，最鄙夷、最恨铁不成钢的终极号令莫非应该是这样的：在哪里跌倒，就在哪里吃屎。

混不好的危险

多年以前，有个男装的电视广告。画面大概是送别兄弟，将要离去的人高举双拳自信满满地喊叫："混不好，我就不回来了……"那件夹克似乎有神力，竟然能让人如此冲动。

这个广告词那时候在我的好友中传扬。特别是当谁要出门拍照，在网上跟朋友道别，都会信誓旦旦地来此一句以示霸气。

我想，中国的文化里虽然很褒扬衣锦还乡，倒没有主张让没能混好或混得中等的人不回家吧？所谓有钱没钱，回家过年。回来，还是比混得好重要的。用"不回来"去赌前路，气人也害己，不好。

后来，我们把这句没人性的话改了改，更适合在离别前提请兄弟们珍视聚首以及警惕摄影的凶险前路。改版后的文案是："兄弟们，混不好我就回不来啦！”

这个广告还总让我想起小时候看《西游记》里唐太宗送行御弟唐僧时的难舍场面，那时候唐僧想的是“宁粉身碎骨也要到印度取得真经”，大有混不好就不回来的决心。不过领导的意思不是这样的，李世民想的肯定是“少废话，一路通关文牒我已经给你准备好了，经要取，然后给我平安回来”。李世民是对的，两全当然最美。

出门混，除了艰难跋涉外，还有诸多干扰、破坏，我觉得它们几乎是艰险中的最大部分。

拿着行李在火车站或长途汽车站门前，常会被不认识的人突然拦住：你去哪？

当然很快知道那些是拉客的人，并不是盘查通关文牒，但莫名其妙的一声喝问还是把人吓一跳。常年在这样的地方混，他们招徕生意的话语省掉了许多，诸如：您去哪里呢？要不要坐车？要住店吗？……想必谋生不易，时间宝贵，最后只简省为从天而降的“你去哪！”

如果你脱口而出的回答跟其业务范畴没有交集，他会转身即走，留下你一阵无语：一个陌生人白白问走了你的秘密，无情离去。我早已不理睬他们，头也不抬地径自走，互相不耽误时间，也免生事端。关于去哪儿的发问在火车票已经实名制的现在几乎没了。原先那些发问的人，在交通发达的现今已经没有多少神通能够施展。

不过类似的询问仍会发生在网上。老友见你出没，会追着问“你在哪呢？”“准备去哪儿？”“最近在拍什么专题？”我其实理解身在隔间、心系江湖的朋友，他们未必是真关心你去哪儿，只是在心里安慰自己离江湖不远。但这几个递进的问题还是能让我逐渐动怒，又有谁知道我“人困马乏，投宿无着”的日常呢？这种打探着实扰心。不管混得好不好，我在精神上的去向，跟你们不一样。要不是常常碍于情面，我会直接怼过去：你管我去哪呢！

车马劳顿中我也没有精力据实以告，通常礼貌回复：“我来自东土大唐，去往西天。”

梦回大唐

火车站门前的搭讪问话，我倒是搭理过一次。

二十多年前的夏天，我从福建回安徽，那算是我第一次跑江湖返乡。同行的还有乐队鼓手，我建议他跟我一起先到我家，然后再回淮南去。那时候我在福建混了快一年，加上之前在淮南的时间，我有一两年没回家了。我们从南京下火车时已经是傍晚，要住上一夜，第二天再转去滁州的汽车。

南京的火炉名声果然不虚，出了火车站我们就热得不想动弹。一位矮矮胖胖的阿姨劝引我们去住旅店，“很近，包你满意。便宜，转个弯马上就到”。南京话的腔调跟滁州话很接近了，这也让我激动，于是我做主跟着她去。听着一路兴致勃勃的南京话好一番兜转，在引路阿姨后背湿了一片的时候终于到了。

旅店远而且窄小简陋，也并不便宜。

同行的鼓手从一开始就向我使过眼色，不要理睬这样的人，觉得她是周边脏乱差旅店的说客无疑。不过她一路诚恳和颜，我也丝毫不觉得她是个托，这么热的天她带着我们走街串巷也不容易。住下后，朋友又纳闷地埋怨，你那么精明的人，怎么中了邪似的跟这么个老太婆到这样的地方来？

“你不要再怪我……”我一边低头打开行李一边跟朋友说，“我是觉得她像我妈。”

行走江湖，有时候江湖经验是不能完全施展的，偶尔中招或栽了，原因一定连着你心里的盼望。这盼望总是有两端，一头是远方，一头是家乡。唐僧取了经后，回程的苦难应该跟去时一样多，路一样的长。

那晚，南京，有一场近乡的梦。流浪或许就是为了不流浪，回到自己的东土大唐。

请直呼我名

我被“严老师”这个称谓叫够了。

连年来，直接喊我名字的人越来越少，而我是特别喜欢别人直接叫我本名的。现在回想起来，自己的本名被人直呼最多的时期应该是当学生的时候，以及刚上班阶段。那时候的名字是被鲜活地使用着的，是纯洁而响亮的。自己每每答应得也轻快，被同学同事叫，被老师或上司叫，自自然然，理所应当。

如果反过来，学生、下属直接叫喊老师、领导的姓名，那就是轻浮造次、大逆不道了。国人习惯里，人的名称在使用上总有个长幼尊卑法则。“老师”以及官衔、职称，仿佛是尊贵外衣，下级、晚辈只可以远观、仰视，不可乱序。好比大家依序站在阶梯上，上面的人可以俯视下面人的乳沟，而下面的人决不可以撩开上面那位的衣裙来看。

不明白中国人为什么会把名字当作“讳”，“为尊者讳”从不说出长辈的名字开始。

应该不至于是年龄或名气渐大吧，直接喊我名字的情形快绝迹了。

无奈地被叫“严明老师”，当然，最多的就是“严老师”。说到被称作老师，我也真是熟悉得近乎疲惫——我的父亲就是中学老师，自然也被称作“严老师”，这称呼我从小听到大。父亲喜欢那个旱涝保收的职业，愣是让我和妹妹都报考了师范院校，这导致家里又多出两位“严老师”来。

奈何我没法被困在讲台上，没法深情地向着我爸唱出那首《长大后我就成了你》了。我辞职南下了，开始了自己一连串的跳槽生涯。

很快发现，在青春所剩无几的年纪，我也被新同事或实习生们称为严老师……这还只是个开头，随着自己彻底离开体制，想凭着自己的努力混出个人模狗样，我被称作严老师的情况越来越多，直至铺天盖地。这实在让人无语！当初正是不想当老师才奔向“自由”的，连年混呀混的，到头来，你还是老师，且宛若桃李满天下……

更让我百思不解的是，有些地方的人又做出“掐中间留两头”的精简，口口声声“严师、严师”……唉，我本布衣，就不是个老师，何德何能，竟成了严师！他们这样称呼我的时候，自认了高徒。

“严老师”三字在将来可能还有一种更为恐怖的省略方式，就是被掐掉尾巴，成为德高望重的“严老”！

可能有人会说，现在“老师”这称呼最不值钱了，满天飞，你还在说不要不要的。也没错，可是世俗是会不小心滥俗的：大张伟被别人叫“大老师”，可能是因为他的头本来就大；郭德纲的徒弟烧饼已经开始被粉丝亲切地称为“烧老师”。再设想一下，如果作家绿妖被热心读者唤作“绿老师”，估计她当场就得脸儿绿！

官场上常用的“姓氏＋职务”的称呼方式，同样成功地避讳了对方的大名，这也是无趣的历史陋习。张校长、吴厂长、李主任……还出现了“赵科”“李局”这样更精炼的样式，叫起来更是活泼中夹带着谄媚，领导们可能更加受用。假如真有叫赵科的人当了科长，真有李菊当了局长，下属应该怎么叫他们好呢？好在我没有混迹官场，否则落得个“严苛”“盐焗”的雅号被人呼来喊去成何体统！

当年做记者时，一次在外地做一个颇敏感的采访，工作之余几位不同地方来的记者聚会聊天。大家担心起宣传部门对那次采访的稿件肯定会进行“管理”时，各自沉默，面露忧色。这时，一位四川女记者说：“我们那儿的宣传部长是个女的，姓殷。”她顿了一下，含羞低头道：“我们都叫她殷部……”

顿时现场欢笑。我就是指望着这个段子支撑完那次艰难的采访的。

记得一天傍晚在暨南大学跑步，当我矫健的身影拐过弯道时，听得身后不远处有女生一声喊叫：“严明！”

我当即驻足回头，两个女生笑盈盈地跑了上来。她们是听过我现场讲座的该校学生，竟然在昏黄的暮色中认出了我。可能是出于惊讶，情急之中直呼了我名。那天我们一起聊着天跑步，轻松又开心，我仿佛回到了还有同学的时代。一起跑步的经历只有那么两三次，第二年女同学毕业了，过几年也该当“老师”了吧。

央广文艺之声 DJ 徐曼，声音温婉舒缓，几度在节目里选读我书中的文章，令我难忘。她在读完标题后开始说作者名时，总是一字一顿，直戳心窝。这一点被我那好事的儿子揪住了，偶尔悄无声息地走到我背后，轻声慢语地叫我：严 ~ 明 ~

每次我都无语一笑，但绝不会恼怒。孩子直呼我名，我也是完全可以接受的。

有一年夏天在老家，与很多老朋友、老同学聚会，十分感怀。尤其是他们用乡音唤我的名字时，我简直都快流出泪来了。一个在外漂泊的人，找回了失落江湖多年的珍宝，那么真，那么切……我仿佛又看到了那个少年的背影，再一次知道了自己姓甚名谁。

通常在没出生时，父母就为我们准备好了名字。这些名字大多含有父母的寄望，肯定是希望那些闪亮的、美好的字眼，尽可能地被称颂、传扬，伴随一生。当那些好字词后来被职务、头衔无情掩盖，实在是大异其趣的事，简直是忘了初心。

当发现自己的兄弟悄然改口叫我严老师时，我开始害怕，我断定这个问题大了。“老师”像是一个庸俗的鬼影，它开始遮蔽、吞噬我们的朋友关系、兄弟情谊，这真不好玩！

我害怕我不是我。

可是，为什么韩寒、崔健、王菲、马云这些名字就不容易被后缀上“老师”呢？表面上看，人要是足够有名，就可以直接使用自己的名字而不必被叫以老师。仔细想想，原因应该是他们做到了足够的自我，已经不必用惯常的身份标签去给他们做标识，有了免俗的特权。他们的名字就是自己的标识。

原来问题在这里，不想混同在世俗世界里，被人们叫本名看来还是一种努力之后抢夺回来的权利，需要跋涉之后才能和自己相见，这才是“有名”的正解啊！

我还有希望被大家直呼严明吗？

唉，我知道自己不够出名，要不大家先叫着？我会继续努力的。

严老师从来说话算话！

涪陵师专，因为曾在此执教并写过《江城》和《寻路中国》的美国人何伟（Peter Hessler）而更为出名。几年前学校也搬迁了，师专毕业并当过老师的我曾好奇地来此寻迹。从体操房铁门的破洞里钻进去，仿佛一下子就穿越回了我的从前。

迈克尔与本山

在我的文艺青年时代，内心里认定的地球上最顶尖的巨星有两个，迈克尔·杰克逊和赵本山。他们既有天赋又能吃苦，练就了神功，有硬桥硬马的本事，对文化有响当当的贡献。艺术贯穿了他们的生命，也给人们带来了神奇和欢乐，极具辨识度，他们把自己活成了一个logo。

前两年我在县城老家，见到上学时教我跳霹雳舞的校友已头发半白，我惊愕了，正如当年见到那曾经展示在我面前的神奇的太空舞步。上中学时我通过层层关系找到他要求学艺，当他答应教我时，我激动得睡不着觉，像孙悟空得到樵夫的指点后找到了菩提老祖，马上就要学会腾云驾雾了。

我觉得太空舞是人类假装脱离地球引力的悲壮表演。舞者的可贵在于自己吃尽苦头给观者以生之趣味，让人觉得这世界尚且可爱、可观而且可信。儿子在老家时偶尔在那个古旧的衣橱前偷偷跳太空舞，滑步。那正是我早先扭动身躯的地方，不过我已经不想脱离地球引力了。

儿子也喜欢篮球，在家里喜欢跳起摸高，把家中一块白色的屋梁摸出一片灰黑手印。几次说他也没有用，他总是在途经那个位置时突然跃起，像经过春天的树下兴致盎然地去够一片树叶或枝条。后来我不再说他，我够不到那个地方。那是春天的事，成人不宜，我的夏天已经过去。

我们没想过会老，更忌讳死。迈克尔也已经离开，去了另一个世界继续漫步。有些人，本是天上的神，当初因为思凡才来陪我们。正所谓一直被模仿，从未被超越。迈克尔模仿着机器人在台上出神入化地舞动，世界各地的模仿者也从未停止向他致敬。

最近出现了一个有趣的现象，网上有视频，机器人摇滚乐队在舞台上摇头晃脑地表演，“吉他手”的指头在线路传输的指令下快速准确地在指板上滑行，机器鼓手坐在架子鼓中间左顾右盼、横踢竖打地一通狠揍。

有人留言说太可怕了，大师级，超神……而我觉得完全不是那么回事。

且不说指令是人做的，机器人能展现的表演基于大数据，而通过算法得到结果，是优化的折中，是向内的。摇滚是什么呢，是创造，是打破局限的声张，是向外的。不知道科学家为什么偏偏选择在摇滚乐这块着手制造这个玩具，这种做法恰恰是反摇滚的，还是让它们投身到广阔的刀削面事业中去比较好。

有人会说，前几年机器人阿尔法狗不是打败人脑了吗？这不是说明机器人可以很“聪明”吗？我的看法是这样的，机器可以穷尽棋局上的所有可能，每一步都是最优选择，完全可能做到让人一次胜算都没有，这只能说明棋类是概率游戏，不是情感游戏，它讲究解决、应对，它不是艺术。文无第一，武无第二，棋类被人归类为体育竞赛还真是有道理的，它属于武。机器人能获胜，但它失去了失误、挽救、反转以及举棋不定、蠢蠢欲动、亢龙有悔、亡羊补牢的乐趣。如果进入真实的战争，那更会涉及良心、道义、礼让、退避，这些都是阿狗所难懂的事。

也许，像机器一样的乐手迟早会被机器取代。电器化的伶人戏子，没有“贪嗔痴”，它们不是在演奏，其实还是在播放唱片。作品可以抄，作品的生产抄不了，作者的观念抄不了。在摄影上，再自动的图像采集器也难自动构图、自动构思、自动产生观念，指望它实属不智。

艺术是要你拿出对这个世界的看法，而不是算法。

机关算尽，礼崩乐坏。

赵本山之于东北娱乐文化的贡献，有目共睹，至今在网上看到任何一个东北主播的卖力表演，我都觉得不可能不与赵本山有关。东北人个个是笑星，东北话成了中国搞笑娱乐界的普通话。

赵本山也拥有超大规模的模仿者。他本人也是精于模仿的人，而恰恰在这方面招致了不少诟病。许多人说他讥笑身体有缺陷的人，这个问题确实很难解释清楚。褒，总是会有争议的，贬，很快就会高度统一。我觉得这个状况跟时代有关，也跟我们看问题的角度有关。

应该是医疗卫生条件的原因，在小时候，我们身边的残疾人多。同学中就会有眼睛、肢体有毛病的，那时候是可以作为外号呼喊的，麻子、独眼龙、跛子、结巴这些以身体缺陷为外号的情况不少，互相也不太忌讳。如今应该是医学发达了，众人的素质也提高了，也不再这样残酷地称呼他人，但是诸如大头、长脸、黑皮、黄毛这样的“轻障”特征还是会启用为外号。我却不认为这完全是恶意的嘲讽，那同样是时代的健康条件造成的不健康、欠文明。赵本山自小跟盲人二叔学拉琴，讨生活，我觉得他学瞎子是基于双方都弱的基础上的，是可怜人之间的戏仿解嘲，皆是苦笑，看不出他在出发点上有恃强凌弱的故意。

从另外一方面看，赵本山小品里讽刺趋炎附势、嫌贫爱富、偷奸耍滑者，哪怕是讲述普通的吝啬鬼的故事时，我们会不会抗议冒犯了自己呢？我们都是苦主，我们“因不完全一样而痛苦，因完全一样而不幸”。

我儿子去年打篮球扭伤了脚踝，曾经临时拄过一个月的双拐，却在班上掀起了“试拐风潮”，不论男生女生，全部体验了一遍。可能每个人在童年都联想过如果自己哪一天残障了怎么办，比如都试过闭眼摸黑走路。人每时每刻可能面对着危险，而且还有很多，比如终将到来的衰老与死亡，所以我们才会无奈地互相观看，互相戏谑，但不会相互厌弃，仍会用歌唱的方式互祝健康和平安久长。

在这里，我想举一个反例。歌手小河曾在一个智障儿童学校进行过一次爱心表演，他先看了一队孩子的表演。他发现那些孩子们艰难地排着队走上台，艰难地齐声向观众问好，明明唱不齐却拼命地要唱齐——所有这一切都是在老师的教导下，为掩盖残疾去拼命模仿正常人表演。小河就觉得这很不对，他分明看到这些孩子各有特点，有的甚至颇有天分，当时就鼓励他们抖开自然天性自由地表演，哪怕是不齐整的。那一天，小河获得了极高的拥戴，孩子们在台上欢唱、旋转跳跃，开心极了。我想，那次孩子们难得地从另一个角度体会了自己，而这个角度原本是正常的。好的艺术家了解你的苦，也知道你的好，懂得把危险和局限变成希望还给大家。

类比于摄影,我也受到过“你怎么会拍生活中残破的景观”的诘问，认为这会有损和谐。我想说，看到健康的好东西被伤害了，我不高兴。这个解释还不够吗？我跟你到底谁更正能量？你的和谐是什么样的，尽可以说出来听听。我拍照时会闭起一只眼，但我不是瞎子；咱们玩双反的是俯视取景的，如果没有人间关切的就不会深情俯首。

赵本山一直不敢扔他的帽子，他说扔了就没了力量，他知道自己从哪里来。迈克尔到生命最后仍忘命地创作，冲击不可为而为之的事，仿佛知道自己不久即将归去。让我们的艺术受制的东西太多了，艺术家应该是最自由的灵魂。可以深深扎进土地，也可以漫步太空，那些有趣的灵魂，给我们最多的还是慰藉。

只有时间和才华值得忌惮。

论唯美

致命复制

我们需要了解，照相机是个基于复制特性而存在的工具。

还记得吗，我们小时候，第一次接触录音机，按下录制键，冲着它叽里呱啦一通叫喊，随后播放出来——何等的兴奋，多么的喜欢，可是我们后来绝大多数人没有去做跟录音有关系的工作，比如播音、配音或音乐制作等。也就是说，我们没有去研究过声音，也没有用它表达过内容。

如今,照相机跟当年的录音机一样走进家家户户,强大的科技让“还原”“捕捉”都成为易事。摄影有了“门槛低”的亲民性,群众热爱美、拥有美成为“举手之劳”。这绝对不像音乐、播音那样需要勤学苦练，动一下手指头就可以美美地获得、占有。那些带露的花草、漂亮的女模特容易成为初学摄影者的目标，旗袍花伞旋即泛滥。相机厂商比我们更清楚，每年到底在中国销售了多少台单反。新手不断加入，无尽的花草、清新美女图被反反复复制造出来。

不满足带着喷壶在公园拍花草之后，许多人开始发散至古镇水乡、西部边陲，更大规模的美景美图被搬运回来，画面上山川含情，人民微笑，是谓之“大美”。

场景宏大，细节精致，和谐美满，夫复何求？

如果只是利用相机的复印功能，把它当健身器材去名山大川走上一走，留下快乐印记其实无可厚非。问题是人们认为自己在创作“极致影像”、在搞艺术，常常不满足忠实复制，还不老实地进行夸饰。“极致”让摄影至此也就到了头，成为了“老法师”。

其实在我刚学摄影的时候，就幸运地被人告知那些是“糖水片”“沙龙片”，我到现在还心存感激，庆幸没有朝那个路子去。这是一次惊险的轨道转换，因为我有过很失败的摇滚乐手经历，那时候没有高人早早告诉我重要和根本的东西。最简单的道理不知道，却在迷恋设备、苦练技巧、竞逐速度、拷贝偶像，玩命跑到最后才发现，这些他奶奶的原来不是摇滚！

画家说，“思想是产生绘画的根本动机”，那么思想也应该是摄影的动因。古人都说了，诗言志，文以载道。画面只是态度、看法的凭依，没有态度的都是小清新。看容易，看透不容易；观察简单，洞察不简单。拍照门槛低，观念门槛低吗？见识之外应该有见地，皮相之下没有东西，终归是虚弱的。

内容不足时，器材、设备、材质等东西会被拿来进行掩饰。在微观战术上走向高明，而宏观战略渐渐步入昏庸的人不少。当感受派在说“我们行走江湖，靠的就是心软”时，沙龙派正在网上打开摄影包亮骚，告诉初学者里面的宝物对好照片来说个个不可或缺。他们行走江湖，靠的都是装备。

相机是工具，万千人抄起它，对这个行业来说不知道是喜是愁。

练书法的人爱写宁静致远、自强不息、天道酬勤、上善若水、厚德载物……练一辈子总是这些字，有没有自己的思想可以输出？它们没有错，更不是罪，但你花一生去人肉复制，勤奋得悲壮，也未必获得天道的酬答。这真让人无法宁静，我倒主张用复印的方法把这些标语口号贴到墙上去。

不甜的权利

常听到这样的介绍：某某摄影师，他是搞“唯美”的。我第一次听到这个词就极费解，唯美，仿佛有着什么极高的指标要求，有统一制式标准，清高孤傲，已成一派。

“唯美派”似乎还是最受群众爱戴的一派，但它是个什么派呢？“唯”字一出像放了狠话，从初学到老迈，一美了之，别无他想，一意孤绝。想想看，“唯”的本意应该是“独”“仅”“只”，从今往后，自愿命悬一线，再不用言志了，也无须载道，终于解脱了。我想说，这么“没心没肺”的标签在打出来的时候，真像走夜路吹口哨，给自己壮胆，已经注定堕落于虚空。

可能有人说，我就是喜欢甜，惹了谁？

可以，你有甜的权利。

你若偏问，我就拍美的事物难道不是艺术吗？那我回答你，还不行。

我说过，我们听歌早已经不只是为了悦耳，看图也不仅是为了悦目。具有艺术感的作品可以承载各色各味，而不是雷同于唯美。除了甜之外，其他味道也有它们存在的权利、被喜欢的可能。就像有的歌唱着沧桑，呼号着愤怒，它们是不驯服的，不是淘宝客服，没有让你舒适的义务。

糖是最容易取用的，易成瘾，易堕落，易阻挡自我意识觉醒。一味甜，不齁吗？感知欠缺，营养不良，可以一直喂糖吗？“视觉的盛宴”往往补不了身子，把人吃成“三高”。

而事实上，唯美的日子好过得很，它是广受拥护的美丽真理。这让嗜甜的大多数人心理感觉良好，觉得自己走对了路，站在了最广大人民群众的一边，甜蜜的事业大有可为。

宜人易，动人难。那些悦目，未必真正赏心。扑过去的刹那，有没有保持一丝怀疑？有的人很早就认识到“你有多少能量，全在作品上”的道理，知道工具跟表达的关系。散尽家财，工蜂一样常年采蜜，可是始终不得其门而入，结果就是让人齁到忧伤、腻烦。更有甚者，随着 Photoshop 类的工具变成主宰，很多摄影师不再将兴趣放在照片本身，醉心于“后期”的改天换地。俗不可怕，可怕的是艳俗。非得把天空 P 成紫的，拍个人像偏把反光板打出恐怖效果，而我们的视觉经验里是没有这些的，这些都关乎起码的真实。

安塞尔·亚当斯（Ansel Adams）应该是拍风光领域的不二至尊了，可亚当斯是气质流、感受派，极其注重还原面对自然的震撼感，没有人用唯美来赞颂他。亚当斯还说过一句很重要的话：只有在清晰和明确地传达了摄影师的理念时，强调技巧才是合理的。技巧高于了感受，问题不正是“厚此薄彼”吗？我在黄山上看到了日出，另一个星球从眼前突突跃升的喷薄，那种感受就是震撼，它不是为美而来，我当即觉得之前所有的日出照片都骗了我。北京地坛公园的银杏叶黄叶落时，超现实地刷新了我们对植物的观感，那也不是被招惹来的影友用美所能解释完尽的。叶子全黄了的时候，那是通体失去血色的弥留时刻，此情此景有谁会为此大哭一场呢？

没能充注真质，以实其华，这是创作之痛。空洞是因为与他人、与风物的共情能力缺乏，无情可寄。所谓玩不下去，其实是玩不上来。“某某人有一双善于发现美的眼睛”，这话一点儿也不对。走心而非过眼，皮相之下的东西终须脱颖而出，而这些是任何设备都不能弥补的。如同饮食的进步，乃是从果腹到对食物、文化的欣赏，我们却为长久的甜付出了牙的健康，我们的撕咬、咀嚼、品味能力都会出问题，健康的滑坡还没有尽头。

有人说，别指望三言两语就能改变别人对事物的认知，绝大多数试图说服别人的行为都是以卵击石，只会令别人心生厌烦。或许我这么说话都是徒劳，但我尚存善意，我言我所知，尽管这是多数人不喜欢的解药。我被音乐玩的经历还不够残酷吗？虚掷完青春总该有所觉识吧，所以我牢记自己有不甜的权利。

喜欢上一个东西，缘分一场。我们陪它注定走不了更久、更远，所以要探究它，进入它的深处。

迷宫的出口其实在上头。

黄山上的宾馆保安、厨师、出租车司机，会给各地的摄影师通风报信，告之山上的天气信息，摄影师们驱车赶来。其实，那些保安和厨师们平时什么都拍到过了，他们手机里云山雾罩，一人可以干掉丘陵地区一个县的沙龙小组，他们是中国风光摄影中扫地僧一般的存在。

当他们看着气喘吁吁爬到山上的摄影老法师们，其实应该是相当淡然的，因为他们更知道什么叫“过眼云烟”。

老董死了

安徽淮北有个古镇，叫做临涣，近几年来随着旅游的开发，逐渐有名。那儿的老街上有茶馆，这在我们安徽这边其实并不多见。这一点非常吸引附近的摄影人士，去那里转转很容易获得安逸、祥和、古朴的画面。

茶馆里有个常客，叫老董，白胡子，脸色黝黑，抽一支跟胳膊差不多长的旱烟袋。去拍茶馆的摄影发烧友在记录茶馆方方面面的同时，都必拍老董，这个形象气质俱佳的天然模特成了古镇掠影的必备亮点。也有人说临涣茶馆之所以出了名跟老董有密不可分的关系，某年正是一幅以老董为主角的临涣茶馆摄影作品在某个比赛中获了大奖，致使全国各地影友蜂拥而至。茶馆成了摄影基地，老董成了明星。

老董也很快发现自己是被需要的，便开始向拍摄者收费。十块钱一位，后来发现很多摄影师一人多机，便按“机位”收钱。每机十块，一群相机围过来，一阵咔嚓，就是不少钱。

前年，在一些摄影群和摄影聚会上暗暗传递着一个消息：老董死了。

也能听到谴责或负疚之声——出钱让他吞云吐雾以供拍照，抽烟量暴增，就算这不是他的直接死因，也是他健康崩盘的推手。有网友说“如今劝酒致死都要承担法律责任了”，也没错，但老董的摄影接待量太大了，可能找不到直接责任人。打个不恰当的比方，就像风尘女子找不到孩子的生父。

据说老董年轻时从河南流浪到此，拾荒为生，婚也没结过，收养过两个残障孩子。一生也没照过这么多相，也应该从来没发现钱这么好挣过。他只需在摄影师的指令下抽烟再抽烟，祥和地抽烟，偶尔附赠一点微笑，钱就源源而来。“老人笑，孩子跳。”这是我听闻的摄影发烧友中流传的好图口诀，年画审美还在大批人的脑子里根深蒂固。别人中奖，咱们也如法炮制，前往凑趣。一些拍照基本功好点儿的，肯定也想有点儿主题，深刻一点儿。一番寻觅，最后还是忍不住要拥护点什么，汇合到主流丰满的怀抱里去。因为那儿最安全、最省力，即取即用，和谐好使。久而久之，丢失了自己真实的痛痒，在社会制式观念的绝对统领之下，争相为某种和乐表象贡献废纸般的美图。

至于老董的真正生活是什么样，他每天一早奔去茶馆的真实原因是什么，老董收钱的时候有无流露出一点贪婪或失态……这些却统统被弄假者悄然回避了。“摄影师拍下能看到的东西，是为了展示看不到的。”说得多好，摄影也应折射世道。忙于营造表象，事实上也是在做着遮障真相的恶事。如果是故意视而不见，那就是心坏腹黑。

但他们还乐于跟别人说，去古镇是拍“人文”、“民俗”的，拍风光的才去山里，他们还不见得看得上。前不久在网上看到有专家抗议摄影师在拍“民俗”的过程中肆意摆布，随后流传泛滥，已经给真正的民俗研究造成了困扰，这真让人哭笑不得。

没有真，谈什么善和美呢?

可悲的是，老董也欣然接受了收买，成为合谋，同时也接受了假和恶的戕害。不知是老董推动了摄影还是摄影推动了他的西去。那些拍完照扔下钱的人以为自己全身可退，悬案继续高悬。其实谁都在劫难逃，谁都会在将来付出代价。

朋友给我看过老董的照片，有了经济增长点后的他猛抽完一口后，瞅着镜头微笑。面对蝗虫般的长枪短炮临危不惧，在那脸上我也看出了一丝向死而生的轻蔑。

沙龙的末路

陈丹青先生的系列节目《局部》让我受益良多。节目中对于绘画的讨论，每每让我直接想到摄影圈的现状。人要是不知道一点历史，还真是不容易活明白。节目里有两三集都涉及横行欧洲几百年的沙龙画派被横空出世的印象派逆袭打趴的公案，让我很受启发。

19世纪末，沙龙画的仙女们晶莹透亮的皮肤受到刚刚发了财的人们的热捧，装饰着他们的客厅，成其狎玩之物。真实而美的，丰腴敦实，巨细靡遗，那些裸体被摹画得真切，如临本尊，让资产阶级称心如意。在漫长的中世纪，宗教神话主题陈陈相因，耶稣就是意识形态，艺术家不用多想，尽管替他打工即可。沙龙派们不知道自己几百年的好日子即将到头，傲慢地拒绝和讥笑着印象派。可如今沙龙派们在一些著名美术馆往往只在廊道里有一点位置，强调抒发自我感受、主观感情的印象派和毕加索们，早已赢得了尊贵。

几十年前，中国人才开始面对那曾经对战的双方，结果是都难接受。光屁股的进不了中国，上帝和资产阶级也不要，剩下一些田园风光和劳动景象，依稀让乡土中国找到一些遥远的共鸣。

有了照相术之后，“像”又有什么意义呢？放弃画得像这个粗糙的追求，这是画家曾经面对过的残酷问题。毕加索说，从梵高开始，每个人必须做自己的太阳。摄影，拍得像总不能作为标榜吧？炫耀什么呢？更多的细节？更准确的色彩还原？更大的文件？摄影师如果谈论艺术，恐怕要谈谈所有这些之外的话题了。功夫在诗外，所有的问题都发生在场外。难道没有主观意识附着其上或可重新加工的部分吗？难似登天。社会成长背景或审美成长背景，局限着我们的自由想象。没有自由，哪有自我？

在流俗、谄媚、宏大虚空中乐此不疲，当新的东西来了，我们常常又以“看不懂”为由准备鄙视和屏蔽。作品应该是被赋予时间价值、给人以认知意义的。先得成为自己的主宰,还得有一个心系于世的灵魂。

摄影家冯君蓝说得极好：“基本上我们怎么相信，就大致决定了我们能看到什么。”陈丹青也说过，真正有效的教育是自我教育。我根本就怀疑“培养”这句话，谁培养了梵高？谁培养了齐白石？真的美术史是一声不响的大规模淘汰。

我们去观世界，是要有世界观的。安东尼奥尼来拍过我们，却几乎得罪了一个国家。在艺术上，我们的主义和审美都有过问题，所以会在自由和真实面前目瞪口呆。格调、品质、反思、个人情感、高远的追求、对观念的探索等终归要被提上议事日程。诚实面对内心，回应时代，而不是视而不见和敷衍。否则的话，那叫睁眼瞎、开门假。

惊闻有些城市有“大画幅摄影协会”，只是用了大一些的相机盒子，试问是购买不易还是搬动、操作困难，需要形成互助？“花间词人”或是“边塞诗人”，我们不是这样给文化分类吗？我就纳闷了，厨师界有没有“大锅铲协会”？书法界有没有“大毛笔协会”？那么,为什么会这么搞呢？我觉得无非是在设置门槛，摆弄偏见。所谓追求“极致影像”，便是迷失在指标里。摄影这个事，产品是个完全外相的东西，但它玩的偏偏不是外相。我们在文化解释力上实在堪忧，你没有的东西要怎么示人？

“如果情怀不在这件事情之上，就不要做它。”更不应该不踏实和不老实，真的做不来还想做假的，或给别人挖坑设障，或者以盲引盲，造成集体迷失。复制、造假、帮凶、作恶，它们其实相隔不远，都是在艺术门外周旋。加缪说，生活和创作并不是两种天分，而是同样的能力。我们很确定那种只能生产出肤浅作品的才情，也只可撑起一种轻薄的生命。

可是，每当在公园里看到花丛前戴着大墨镜，穿着花毛衣的大妈双手扯着过肩丝巾的两头，双腿交叉，扭着粗腰对着一堆单反展露笑颜，我偶尔也会驻足观瞧，试图在精神上远远地与之对峙一下。那四起的快门声，像是在赞叹着美好生活里风韵宛在的精神艳星。我仿佛看到一只强壮的蝴蝶，那对翅膀只要上下轻轻一扇动，便在我的脑际掀起狂暴的飓风，吹得我连滚带爬，万念俱灰，灰飞烟灭……

这世界是反的吗?

以前搞摄影的人都知道，有一种胶卷叫“反转片”，而它的标准名称是“正片”。一正一反两个名号安在一个东西上，着实叫人费解。但又似乎不难理解，这种底片上的影像确实是“正像”的，叫它“正片”天经地义。平时常见的胶片是“负相”的，底片上的世界是反相的，而正片是负像的颠倒，拨反归正，故而叫它“反转片”。

好累的命名。

做摄影师这么多年，我还真的时常陷入关于一些正反的思考，它们未必只限于摄影之内，可以延伸到我们生活的诸多领域。它会演化为好坏、真假、善恶这样的大问题，常常让人细思极恐。我们在艺术或生活上，是愚还是智，是上升还是堕落，分辨它往往可以用“显然”二字，可这个世界往往不直接显示真理，这就会造成麻烦和混乱。我是个喜欢“思是非”的人，浮世里也经常被一些奇奇怪怪的人和事点了我的炮捻儿。

化妆术的发达，外加P图术和医疗整形机，让这个时代空前流行起高耸的鼻梁、锥子似的下巴、骇人的双眼皮。其实这些根本不难让人识其假，但人们偏偏愿意信其真，不吝赞美和崇拜。

婚礼主持人的串词说得越溜，有没有觉得就越二手、越套路，也越不真心？新人们在享用一种什么滋味的服务？

音乐考级仍在指点、玩弄着国人的音乐能力，毁掉了多少天才，蒸发了多少家长的辛酸眼泪。

偶像小鲜肉明星们明明没演技，为什么偏偏有着最好的票房与流量？新奇而肤浅的东西正在给人致命的吸引，粉丝多、点击多、点赞多就成了好的，高度、风范、良知却常常不被注意，可以被忽略。滥人在台上，艺术却在流浪。我们把“颜值”这样的词造出来了，并认为有它即是正义。就像我们打开一盒过度包装的礼品，虽觉得似有不妥，但又苦笑着妥妥地忍受了。长此以往我们是不是在过着一种劣质或一种打了折扣的生活？诓骗到了我们钱的人，反成人生赢家，又招致我们追慕，如此毫无底线的堕落腐烂成了一个循环。

通常在网上看视频，要忍受前面的数十乃至上百秒广告，等得人生无可恋，除非你对广告内容真的感了兴趣，否则这个时间就是直接从你生命中扣掉的。生路也是有的，“VIP 可关闭广告”，可我们想不通啊，有钱当 VIP 就不用看你们的营销，剩下没钱的人坐看傻等。广告客户为什么接受这种投放条件呢？目的只是把我们穷人的耐性扔在地上用脚摩擦？

以前我认为这些是一种“互欺”，现在我觉得这不算欺骗，因为一切都是明着干的。凡此种种，腌臜荒唐，耻度之大堪称缺德。时代病态地陷落沉沦，形成了十面埋汰的环境氛围。社会既定的价值和生活方式、民众对秩序的信仰，空前强大怪异。这是个什么样的世界，好东西竟然需要逆流而上，真正背道而驰的人却在那儿振振有词。

这世界怎么了，这世界是反着的吗？

在人人拍照的读图时代，摄影人又算怎么一回事？特别是社交媒体的出现，多大程度上改变了我们看图的习惯和性质？有时想想，我们选择了一个同行泛滥的职业，泛滥到没有好坏是非的边界，甚至让人感到其实根本就没有这么个行业。简直让我不敢再想下去了。

我们生活的这个时代也是疼过来的，疼怕了，不想疼了，于是信奉享乐、打造安逸。我们的懒、简单、势利、懦弱汇流并找到了出口，人们喜欢看得见、摸得着、吃得进嘴的，不愿相信那些没标上价格的东西，甚至没有分辨的耐心和能力。搞艺术的人自然也会受到侵扰，闹心还是闹胃，首鼠两端。破山中贼易，破心中贼难。一些创作者开始妥协了，与时代勾兑讲和，不再寻求意义，成了小清新，娴熟于乖巧，挤上欲望的和谐号。

再想想看，我们那一代人，受过的教育，跟现在的社会反差有多大！

小时候读过的每一篇诗文、每一个故事，看过的每一出戏，无不关乎忠义、良善、气节，并没有教我们明哲保身、唯利是图啊。我无非是当初就信了的人，怎么到头来，是我叛逆？

顺着这个世界，一起向下坠会不会更好过呢？或许会好过，但可能最终在内心里过不去。面对虚空的未来，钱真的是一剂百忧解吗？肉体的决定总要得到心灵的同意，如若背叛，内心可能终将会寻你而来要求清偿。

当然，也有的是清醒坚定的人。

2017 年的连州摄影节期间，刚开始用微信的艺术家庄辉忙着问别人怎么将朋友圈里的一些人删除掉。他说以前一些朋友在认识的时候还不了解，加了微信后看他总发“伟光正”的东西受不了，耽误时间，徒增恶心。大家建议他设置屏蔽就可以不看他的内容了，庄辉说不行，我就是要删掉他，而且让他知道。

一件事能做，一类事就都能做；一件事能忍，一类人也就能忍。道不同，不加微信。不愿意去看一部烂片、不再进一家糟糕的餐馆、不再跟一个滥人打交道，这些都是天理，是经验的福利，是智商的犒赏。我以前总认为“自己”才是最大的环境，现在觉得远没有那么简单，现实太汹涌了。想自性清净看来越来越难了，还需要时时勤拂，否则就会因为人情、利益的原因打着心性的折扣，在扮演、忍受或拥护中让自己的精神不知不觉走向下坡。

汝之蜜糖，彼之砒霜。

《圣经 ·新约》有云：通向天堂的门，是窄门。

现如今，传统也上了高速路，急急如律令。好在我还有缘与之相见，还能感受到那神情在平静地强调：之于物质，精神优越。

少年形状的理想

夜问桶金

有一天半夜，微博上收到某人私信，我回答了几句，大致内容是这样的。

“你好严老师，我是山东的，儿子在武汉某大学学摄影，请问你对摄影的就业方向如何看待？”

“无业可就。”

“无业可就？你的答复就是没地方找工作了，对吧？”

“让他打开思维和眼界去成就艺术，不要跟孩子多讲什么就业。我本来也有极好的工作，辞职搞的摄影。这就是我的看法。”

“毕竟有钱才能去搞摄影、搞创作，没有钱，一切无从谈及，难道不是吗？”

“典型的错话。我写了两本书来说过这个事。”

“怎么错了？请问你是如何赚到人生的第一桶金的呢？”

“看书吧，我写了的没法再在这细说了。请不要理解成我想卖书。晚安啦。”

话到这里，就打住了。

他那些一串串的反问让我绝望。我不知道这样一个父亲是不是未雨绸缪地在网上遍寻业内“高人”，想替儿子把未来的工作铺平垫稳。他问我算是问错了人，这里没有就业指南，辞职经验倒是有一堆！

不知道他的儿子选择大学的摄影专业是不是自己的意愿，也许家长勉强听从了孩子的选择，又开始了无尽的担忧。摄影风潮兴起多年了，我们的生活中铺天盖地的事情跟摄影、跟图片有关，可事实上我们又没在街上看到鳞次栉比的摄影公司、图片单位。于是，家长们有了隐忧，他们害怕自己的基因衣食无着，面如菜色。

他们害怕得有理。据我看，目前把摄影当“事业”在做的，要么是商业摄影人，要么是艺术家。几十年以前，在街上开一个小小的照相馆，拍拍证件照，就可以养活一家人。现在的商业影楼，恐怕要做得很顶尖才能存活，中等偏上水平都是无法容身的，而且巨累无比，也容易陷入循环重复的劳动状态。几十年前，司机还是一个很吃香的行业，如今呢，人们普遍有车，普遍会开。时代爆炸式的发展，让很多职业不再被特别需要。也就是说，人们普遍都能做的事，你可别指望能靠它吃上饭了。

我曾在某个艺术学院的摄影系做过交流活动，我很认真地问过系领导，这么多学生来学摄影，他们毕业后都干什么去了？系主任告诉我，他们的商业摄影是强项，有很好的老师在教，也有学生毕业后去搞这个，但多数毕业后四散到其他行业。多数家长是这样想的，孩子要上就让他上，这只是个文凭，毕业后他们自有安排。我又问，有没有特别喜欢艺术的，想当艺术家的，有这样的苗子吗？系领导想了一会儿，说，一个……不算，半个吧。

这是一个很让人遗憾的答案。

七条出路

记得当年在北京学琴的时候，摇滚教育家曹平老师曾有过这样一节课——“乐手的七条出路”。他在一块小黑板上逐行写出，算是私密的课件了吧，来自各地的摇滚乐手们饶有兴致地盯着自己的未来。

1. Solo artist，即个人艺术家。如：崔健。
2. 乐队。
3. 棚虫，即录音棚乐手。
4. 酒吧歌手、乐手。
5. 调音师、录音师，即幕后工作。
6. 开琴行。

7. 老师。再不济，你还可以当个培训老师。

那堂课过去二十多年了，至今我还能记得这个内容，还记得老师写下第一条时的兴奋神采，以及往下逐条书写的低落神态。我把这个列出来，并不是说摄影行业有多少可借鉴之处。我没有办法列出摄影师有几条出路，我对这堂课的记忆，其实是对第一条的记忆。老师没写出的第八条应该是果断改行，我确实从乐手圈改行而来，但我记住了老师希冀的神情——如果你可以，去创作，去成就艺术。这是核心重点。

那位父亲的孩子如果正在音乐学院上学，我该怎么给他指导就业呢？我不可能从第七条路开始给他反向指过去，我也一定会先隆重地说出第一条，如果你可以，那不能叫做“出路”了，那是必须的方向，并且没有高限。

“生子当如孙仲谋”，说这个话的人不是孙仲谋之父，是别人的爹。他说出了一个好的、方向性的愿望而已。我们是不是也可以让生下来的孩子做一个最接近英雄的决定？不要在他耳边念经验法则的咒语，你不想做，让少年去想、去做。允许他们听自己的话，去拿到那把钥匙。理想和艺术，有那么成人不宜吗？

放过自己

年轻人的路像一卷胶卷，在没拍它之前一切都是未知，一切也都有可能。摄影之后经过显影、停影、定影然后看出成效。如果流程操作失误，搞错了药水，早早地扔进定影剂里，奇迹就再不可能显影了。去充分地生活一场，做表达者，创作就是跟这世界对话，做好的思想输出者，有好的作品波及众生，回馈社会，不枉喜欢一场。不知道鼓励孩子去冲击什么，没想过让孩子放飞，刚飞就想着让他安全降落。拼了老命地替孩子想后路、求安身，试问，不立命如何安身？一旦他过上了小富即安的日子，一切更无可转圜。摄影泛滥成啥样了，你的孩子马上就要陷入江洋，你别指望给他扔一块木板求生，最好的办法是让他成为一座山。给孩子一次接近理想的机会，像古人的号召那样，做个有理想的父亲。不过，想想还是绝望，孩子在上大学前，该听过多少年父母的谆谆教诲啊。“在笼子里出生的鸟，认为飞翔是一种病。”精神匮乏，恐怕早已积重难返。这也不能怪家长，孰令致之？家长的思维也是社会价值观造成的。

在我的想象里，最开明的家长是这样的：他并不是为孩子升学、入职、升迁而请客吃饭，而在某日大宴宾客为的是昭告亲朋，我家孩子有了理想！

再次抱歉我没能给漏夜在网上咨询摄影家们的那位父亲吃定心丸，给他忡忡的忧心涂上幸福的药膏。孩子有搞艺术的心，家长没有在关键时刻阻拦已是进步。怕的是，不安的家长深知水往低处流的道理，躲在理想的背面，玩命曲线救家，成全个体，苟图衣食。

生活不是为了安全通过生命的河流。如今生活条件好了，大概不会“举家食粥”了，寒门也能出贵子，关键是界定什么是珍贵。贫苦能不能搞艺术？没钱能不能搞摄影？我现在就写答案：能。古代人有多少资金、资讯、资料呢？他们留下的诗篇和画卷烁古耀今，神作比比皆是。关键看你想不想搞，你是不是那块料，你不搞，有人搞。

我想告诉那天晚上向我咨询的摄影系孩子的父亲，我到现在还没有“第一桶金”，如果世界上还有别的方向，而且也是对的，我希望他早一点去，不必在我这儿花时间。我说的给理想、给艺术机会，希望没有打乱他的家庭规划。我曾很想做鼓舞和支持他人的人，认为那样也是侠，可现在越来越觉得对抗那种普遍下坠的力量太难太累。我不愿再当恨不得把自己的座右铭送人的人，给人以价值、点光明灯，往“高层次”上带人，其实自己的理想还在风中飘零。如今我想放过自己，也放过别人。他要是没那么多反问，我也没这么绝望。

那天晚上，我没有了耐心，拉黑了那个父亲。

王小波的思想工作

今年四月初的某天，是王小波先生去世的周年忌日，网上转出一些他的文章作为纪念。他曾有一篇《我怎样做青年人的思想工作》，写的是他怎样成功劝说自己上大学的外甥放弃热爱的摇滚，我很震惊。

“他同意好好念书，毕业以后不搞摇滚，进公司去挣大钱。”

“但我偏说他不正确，因为他是我外甥，我对我姐姐总要有个交代。”

“不错，痛苦是艺术的源泉；但也不必是你的痛苦……这种种事实说明了一个真理：别人的痛苦才是你艺术的源泉；而你去受苦，只会成为别人的艺术源泉。”

这篇文章出自那个自由优美的灵魂，透着可怕而又熟悉的理直气壮。理想被提审实用性，青年人在伤痛中被如此规训。我真是一丝也不苟同，甚至觉得在此事上先生名节有亏了。

转载的帖子底下几乎是清一色的同意和赞誉，当今百姓在“灭理想，存人欲”这事上达成共识之快、之普遍同样令我震撼。

“园子里长满了菜，是不允许有草的，哪怕是仙草。”这是我的朋友孙中丘的评说。

王小波在其他文章里写过太多闪亮的文字：

“不相信世界就是这样，在明知道有的时候必须低头，有的人必将失去，有的东西命中注定不能长久的时候，依然要说，在第一千个选择之外，还有第一千零一个可能，有一扇窗等着我打开，然后有光透进来。”

“在消失之前，让一切先发生。”

原本，王小波就能劝说王小波，为什么还以亲情的名义，让他的亲人去做那种“沉默的大多数”而号召别人去做“特立独行的猪”？严肃的理想在他这里也成了一个好看的姿势。

真是糊涂得可以！视理想为无物，或者，这是对人和艺术都很肤浅的轻狂姿态。

爱情苦不苦？干脆别恋爱了。结婚？干脆别结婚了，生娃！你没有权利要求他人必须直达目的地，那是剥夺别人的人生，正是施暴和加害。

人生除了赚钱、娱乐之外，是不是还有严肃的正剧？

陶渊明说，先师有遗训，忧道不忧贫。

加缪说，一穷二白地过上若干年，就足以创造全部的敏感性。

王尔德说，虽然我们身处阴沟之中，但还是有人在仰望星空。

我读书真的少，但遇到相信的道理还是愿意牢记。因为前人已经讲得特别好了，省去了我们饶舌说理的过程。美国作家福尔格姆说得更明了："那些人生最重要的道理，我们在幼儿园里都学过了。"

艺术是要对生活中的问题给出自己的感受，怎么可能旁观偶得？我看少不了要亲自体验、亲自穿透、亲自痛苦。"没有风雨躲得过，没有坎坷不必走。"喜欢摇滚不是龌龊浅薄之事，它跟写作一样关乎灵肉，字字句句、鲜血淋淋，肉体和思想的痛苦，怎么可能绕道？如果一个喜欢踢球的孩子立志要进国足，恐怕更会招致碎语闲言一路。但请相信永远有孩子想进国家队，如果少年们普遍敢于面对自己的未来，不怕挫折，这很伤谁的心吗？

孩子的心里刚长出点儿苗，就被薅了，拱了。计成本、讲对价之余，总得有义利之辨吧。在池塘里打鱼，能不能高抬贵手，不撒下"绝户网"？放过个别理想主义鱼苗，让他们游向与你不一样的地方。

永远值得珍惜的，是长成少年形状的理想。

有的鸟，爱飞胜过爱食；有的人，生来就不是贫血的灵魂。其实我们缺的就是理想主义者，而从来不缺利益精算师。没有理想，就是送肉身一程又一程。生命中有一些必往的圣地，还去不去？

所幸，王小波的外甥在舅舅去世的几年后，又组建了摇滚乐队。后来他还加入“水木年华”演唱组，并出过专辑，最后因身体原因离队。看来理想的火是不容易被思想教育掉的，我挺替那位年轻人高兴。网上还能找到他长发披肩的相片，那张很像舅舅的脸，并无痛苦的褶皱，还有青春和理想的样子。

義興發號

照片是2016年秋天拍的，上海车墩影视城。看了那么多年谍战剧，终于得见拍摄它们的老巢。陪我去的是国家队的吊环王严明勇，名字与我只差一字，国际体联就有以他的名字命名的高难动作。他很喜欢摄影，特别肯钻研，希望自己在退役后能有更多的时间搞好摄影。我们聊天的内容不是摄影就是体操，他在言谈中对摄影或体操都很有自己的见解，令我刮目相看。影视城里暮气沉沉，有一种一个魔术师被人揭穿了谜底的尴尬。最后，在一家“老字号”门前，阿勇说，“我来翻一个筋斗吧”，随后他腾空而起。

长皱了的小孩

等着我

当记者的时候，有一次广东某市警方搞了一个打拐成果发布会，我去采访拍照。

事情是警方通过多年努力侦破，从福建等地成功找到并解救了大约六七名被拐儿童返回，小孩们将在现场交还给各自家长。警方安排的交接现场在一个大会议室，媒体记者和涉案家属亲友不少人坐在会场等待。现场相当安静，偶尔有人说话也很小声。摄影记者握好了相机，那些家属们也瞪大了眼睛朝门的方向看，大家都在等着孩子们的出现。

门动了一下。“啊……”我旁边的一个胖胖的女人发出欲哭的哼哼声，我发现她浑身开始抖。

门终于开了，几位漂亮的女警每人牵着一个小孩排成一个小队缓步进场。每个孩子的背上还有个彩色的新书包，看上去有点像刚放学。

“啊！”现场不知道有多少人在叫，在哭着围上来。警方赶紧一边维持秩序一边尽快完成认领、交接。认领，其实不需要认，领也几乎变成了“抢夺”。回到家人身边的孩子有的开始哭，有的还在发愣。在哭的是被拐时间短的，还认识爸妈；发愣的是时间久的，或是被拐时太小，不认得家人了。不管属于哪种，家人都认得他们。

刚才旁边的胖女人紧紧搂着一个小男孩恸哭：“妈妈对不起你啊，妈把你弄丢了，我再也不让你离开我的视线了！”我第一次目睹什么叫以泪洗面，可能连警方也低估了场面的震撼性，应该后怕用仪式的方式交接情感。我的相机像被骇浪裹挟，在现场摇晃。那个母亲的眼泪和哭腔，我现在仍记得清晰。

他们是幸运的，命运的玩笑被扭转回来。

前些年有个公益寻人电视栏目《等着我》，我看过不少期，有时候会在网上集中连看。多数是找失散的亲人，父母寻孩子，孩子长大了寻父母。也有在设法寻找曾经的老师、同学、医生、战友，或者是曾经给过自己鼓励和指引的人，再见面时大家都已老迈。时间就是这样把感情累积成震撼，比影视剧感人，也更为真实。找到的是喜悦，没找到的才是泪，我大概二十年也难掉几次的眼泪，几乎全洒在这个节目里了。

往往是出现一个小概率事件，整个世界就都不见了。每次在网上看到收藏者买来无主的家庭老相册，看着那些离开了时空的面孔，同样让人难过。我感觉那些整本的相册易主，重大性应该仅次于人的走失，是怎样大意的子孙造成了如此重大的情感遗失事故啊。他们应该也苦苦找过，无奈寻它不见。无论是人还是物，当情感的、记忆的栖身之地没有了，再付出找寻和悔恨的代价，甚至长年舍身以赴，实在太过悲壮。

那时候，我的儿子刚出世。他会说话、开始认字识数时，我就教会他记爸妈的电话号码。脑子里无数次闪念，孩子丢了该怎么找，想象孩子在被拐后怎么机智神勇地与人贩子英勇斗争，最后胜利归来。待他稍大一点在楼下小区骑三轮车玩，我每次都步步紧跟。孩子稍大，追不上了，还小跑着抄近路去迎。当年那句“我再也不让你离开我的视线了”，植入我的脑海太深。我一直都觉得这是当记者的后遗症，连同多年不敢学开车一样，应该算作工伤。出门在外，每次在车站里听到“广播找人”都揪心，离开了车站还会惦记，找到了没有呢？

孩子上学后，我也是接送先锋。通常小孩上四年级了家长就不需要再接送了，不行，我和孩他妈几乎要无休止地接送下去。一直到后来孩子上了中学，经他暗示、明示我们在校门口的出现已经深深影响了他的形象，我们才意犹未尽地作罢。

严爱娘

严爱娘是谁？是我为当年可能到来的女儿取的名字。我与妻子还让人把这个名字刻在一块小玉石上，准备将来给她佩戴。

妻子非常非常想要个女儿，哪怕唯一。

广东人爱说“儿子好听，女儿好命”。妻子一直认为我是个心思细密的人，适合要个女儿。女儿是父亲前世的情人，一个有女儿的家，两个女人爱一个男人；如果来了儿子，那将是两个男人爱一个女人的格局。男孩是来向爹讨债的，女儿是来管束浪子的……

她说起这些真是一套一套的，这个命盘安排挺有道理，可惜没能如愿生个女儿。

妻子因身体原因有几年未能怀上孕，经过治疗好不容易怀上孩子时在妇产医学上已被界定为“高龄”。她又开始巴望着是个女孩，因为要阶段观察、体检的缘故，她在中途已经知道了怀的是男孩，还跑到报社来找我哭了一场。我安慰她“男孩女孩都一样”时其实自己内心是偏向于要男孩的。我承认我浅薄地认为下一代就是我的性别延续，对“后代”所能做的想象，男多过女。培养男孩子，我至少还有自身经验可用，可能还能应对，与女孩打交道，我败迹累累。

2004 年 7 月，一个雷雨的上午。妻子被推进了广州中山三院产房，我的心揪成麻花……

临近午时，我给报社主编发去的信息这样写道：（本报讯）严明得子，六斤八两，母子平安。主编很快回复：《社论——划时代的喜讯》

后来妻子告诉我，她怀孕时医疗表格的备注栏里写的是“珍贵儿”。学医的朋友说过，那种高龄得子、难孕得子或通过科技培育、精神护理等等艰难到来的孩子都叫做“珍贵儿”。为了庆祝此儿终于顺畅到来，我给他取名为“亨”。

严亨像他妈，厚嘴唇。上初中后微翘的上嘴唇有了细细的绒毛，看着总觉得像他妈妈新长了胡子，让人想笑又不敢笑。大自然这种让亲人酷似的安排实在奇妙，除了容易辨识外，还增加亲切感。那种带有喜感的“妈形妈状”其实是个基因护照，提醒你的责任，也让你不容易对其动怒。

随后的岁月里，哪有什么两个男人爱一个女人之说，完全只能是两个大人爱一个小孩。随着巨蟹座的妈宝逐渐长大，跟他妈妈越来越亲，渐渐有不理我之势。如今我从外地回到家，他也不会再来抱一下，亲一下，这种失去，就发生这短短的几年内。

我总觉得自己的人生经验、生活哲理还没有跟他讲完，他就要开溜了。对于这一点，我倒是想得很明白，也跟妻子多次讨论过，成长环境变了，经历变了，经验、教义也就变了，甚至很多已经变得无用。比如你对一个从没挨过一顿饿的孩子说粮食的珍贵，但他的碗里总会剩些米粒儿。我常年小心翼翼地领着孩子过马路，忽然有一天我在斑马线上发现他跟在我身边低头说笑——他正丧失着过马路的能力。春秋两季不冷不热，但儿子洗澡时嫌冷，开启浴霸，洗完嫌热，躲进屋里开空调吹冷气。皮肤满足于某个恒定舒适的温度，人却失去了分明的四季。

少了人生的经历，光靠讲，往往没效果。眼看着儿子为人处事，没有我们那一代人热情，并且更物质。平时见他做一会儿作业吃一会儿薯片，既分神也耽误时间，我就气不打一处来，甚至运用父权，勒令他听清记牢，但还是能看到他不服气的样子。大概是儿子觉得时间还长，不低头。

严亨小时候还常愿意跟我去各处玩，现在他忙于功课、架子鼓、篮球……放学回来最常说的话是："爸、妈，今晚吃啥？有没有肉？"翻看他小时候的照片成了我与那个小孩交流的一种形式。我想对他说，亲爱的小孩，你可能还不知道未来的难为，有"星星和乳房"，有"六便士与月亮"……

孩子小时候，我常把新闻报道里一些困难家庭的事例说给他听，用意无非是代替挫折教育。有一次儿子竟然不屑地说：“那是因为他祖先不努力！”我和妻子目瞪口呆——果然是个来讨债的！

如果我有个女儿，我不会带她冒险。总觉得要对男孩子狠一点儿，应该预备吃苦，觉得寒门贵子的戏路才是对的。可他妈妈总是不忍。当家长的，怕孩子能力不够、准备不够，将来受到社会的教训。不知道他自己什么时候才知道努力。男孩子，有良善之心，自己知道用功了，一切才好办。

而少爷对自己吃喝玩的奖励总是远超劳动，奖励不如说是庆祝自己是当初跑赢了的那颗精子，一辈子值得欢庆。而我们给严爱娘准备的那个小玉坠奖牌就一直没能用上，她跑输了，没有来。

我们在真假、得失中多花掉太多时间，就觉得无须让他们再花。我们费过的思量，就不想让下一代再纠结一遍，希望忧虑、烦恼不必再成为他们的选项。是不是就在这样的思忖中，慢慢把他的能力弄丢了？其实我不偏执古板，往好处想情况是这样的：让对的、已有的，在下一代心里成为一种“天经地义”，不正是我们努力的意义吗？我们曾经的匮乏、不公，本来就不正常，我们应该保卫已有的“天经地义”，而不只是保卫基因。曾经让我们痛苦的信仰，或许已经无关他们的痛痒。新的一代人有他们的路要继续走，不要去动小孩子“思无邪”的东西，那才更要紧，我们有什么好惧怕的呢？他们不再像我们那样慌张惶惑地生活，便是很好的事。王尔德说，“过自己想要的生活不是自私，要求别人按自己的意愿生活才是”。我有一个朋友前不久还无奈地说：“我都已经四十岁了，可我的父亲还想控制我的发型。”这真是一个凄婉的传统历史故事。

替下一代操心只能说合情，但不太合理，并且也许无用。守是守不住的，压垮了孩子累垮了爹，孩子得到的反而是有缺损的人生。剥离是天定的理，将来注定不能陪他走，注定有一场目送，注定看着他离开我们的视线。

“人真正的完美不在于他拥有什么，而在于他是什么。”让他们会选择，去经历。为人父母，讲奉献之余，其实自己的人生也是人生。我的理想还没实现，下一代人已经开始了寻觅。我也希望孩子看到并在将来明白，他爹是闪念侠、暗想师、理想家，从小到大一刻也没停止过折腾，武功差点儿盖世。那讨债的若是苦笑中能有一点儿叹服，就算他收到了我这份微薄的精神遗产。

远未抵达

很多人说我长得像我妈，我只是觉得还好。

妈说有一次坐公交车，挤在车厢前部，她惊奇地发现在车厢前端的后视镜里晃动的司机怎么那么像我儿子呢？她纳闷了一路，快下车了才发现，镜子里的是她自己。

民间有总结：男孩像妈，女孩像爹，还有说外甥像舅舅。我对此一直有疑问：男女跟爸妈交错相像如果是对的，那么，外甥像舅舅就是错的。因为外甥应该像他自己的妈，或者向上延伸一下，应该像外公。而他的妈妈应该像他外公，他的舅舅像他的姥姥去了才对。

听着是不是有点费劲？好吧，我的意思是民间的总结不可靠，像谁想必是偶发的，即兴可变，老天就是这样把人间转动的命盘弄得有趣。

我二舅也在县城住，离我家不远，我回老家时偶尔在公园附近能与他路遇。最近发现他真的老了，眼袋上都长了皱纹。小时候，我只记得他长得很像我妈，我也被多人提到像他。如今每次见到他，打招呼的同时，我会盯着他的脸看上几秒。隐约觉得，我要重新思考一个问题了：既然我妈都觉得我长得像她，她又与她的二哥长得像，那么答案彰显——我长得像二舅。我二舅现在的样子，应该是我的未来样貌！怪不得我见到他时会有些发愣。

从此，我有些怕在街上遇见二舅。

这两年照镜子时发现白头发越来越多，就开始拔。这应该是属于最小规模的整容吧，几根儿一薅，心情大好。似乎一点举手之劳，就可以往回扯动一点光阴。一个人，是童年的那个自己逐渐变老了，还是最终完成了成长的时候才算自己呢？最初和最终，起跑点和终点站的，到底哪一个是真正的自己？

我想答案不会是后者，否则这一生活着的究竟是谁？人，就是带着孩童、少年的心智出发的，一路完善、健全自己，兴致勃勃去看看自己变老了是什么样儿。

看来，老掉的只是皮囊。

贾樟柯在我的第一本书的首发会上曾说："拍电影和拍照片很像，我们的灵感会变成转世童子，我们要在茫茫的人海里把转世灵童找到，变成电影镜头、胶片带回家。"我很能体认这一点。在外拍照多年，事实上我的工作形式就是"找"和"等"，且战且走。颠簸、掳获、落拓、怯懦、顾盼，也都铭感五内，牵绊人心。劳劳此生，了无所得，何必有得？不怕了，我的过去应该不会输给未来。

仍相信另一个平行空间的自己在等着我，这也许就是一点儿信念吧。不愿意被这个全面沉沦的世界哄睡，自己知道如果天性没了，就成了另外一个人。不将就、没敷衍自己的心，没有可耻地长大。

人生的半途，恰是一个可以瞻前顾后的时刻。喜欢奔跑，总是处在待命的状态，但一直也没有发生什么了不起的大事。走过了对身体的好奇，为世事所困，转眼看见这人生就翻青换黄，明镜白发。当初答应自己的，眼看着未必能做得到了，之前的一些血气方刚的允诺，已成妄言，成了隐隐的苦衷。曾以为自己有孙悟空七十二般变化的本事，后来发现再怎么摇身，都没能再变。

未来已来，进入自己的后现代，但还不是终局。发现路还在延展，焦虑和恐慌也一直追赶，总有什么东西无休止地驱策人奔向自己也不知道的地界。自己似乎要故意保持未来的模糊性，一直相信最好的自己还没有到来。

当初听闻了一个叫做理想的东西，信以为真，为之奋身。既然我这么相信，那就再找找，再等等。告诉自己说，有的天亮得快，有的天亮得慢一点，你要耐心。

永远不安，永远地梦将来。镜子里还是一张不后悔的脸。

少年心，最珍贵。从某种意义上说，这世界上其实没有大人，只有长皱了的小孩。

后有追兵，前程隔海，我们远未抵达。

如果一架老旧的飞机能回想往事，它应该会对少年如此诉说：我真的曾经吃力地抵抗了重力飞行过，千山万壑也不怕，没有对心中的梦想装聋作哑。

图书在版编目(CIP)数据

长皱了的小孩 / 严明著. —桂林：广西师范大学出版社, 2019.6

ISBN 978-7-5598-1620-7

Ⅰ. ①长… Ⅱ. ①严… Ⅲ. ①散文集－中国－当代
Ⅳ. ①I267

中国版本图书馆CIP数据核字(2019)第032178号

广西师范大学出版社出版发行

广西桂林市五里店路 9 号　邮政编码：541004

网址：www.bbtpress.com

出 版 人：张艺兵

特约编辑：王天仪

责任编辑：罗丹妮

装帧设计：苗　倩

内文制作：苗　倩　陈基胜

全国新华书店经销

发行热线：010-64284815

山东临沂新华印刷物流集团有限责任公司

开本：1230mm × 880mm　1/32

印张：10　字数：200千字

2019年6月第1版　2019年6月第1次印刷

定价：55.00元

如发现印装质量问题，影响阅读，请与出版社发行部门联系调换。